PARA SU CENTENARIO LA E. P. 38

AS!

cumpleaños?

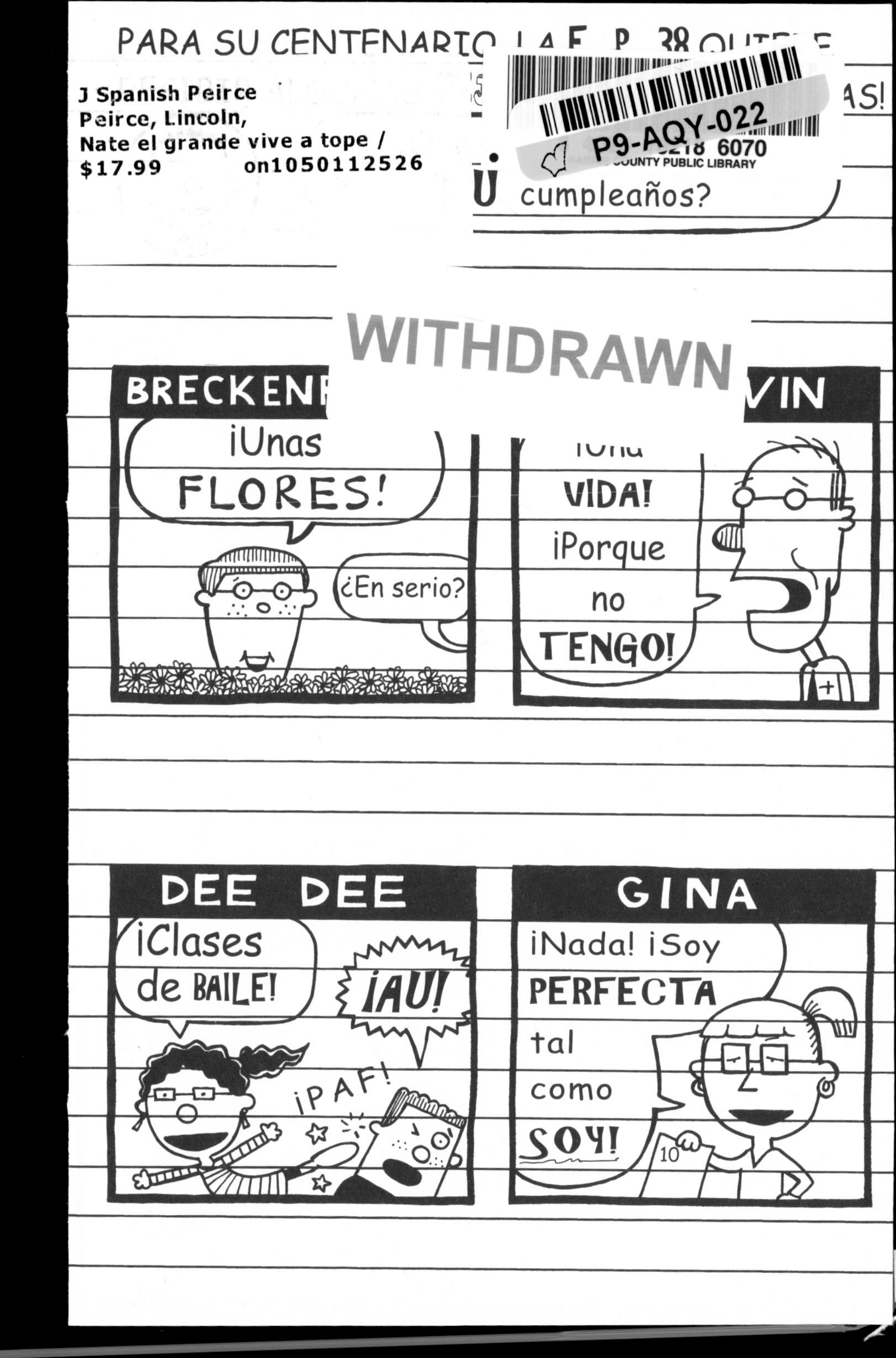
BRECKEN
¡Unas FLORES!
¿En serio?
VIN
VIDA!
¡Porque no TENGO!
DEE DEE
¡Clases de BAILE!
¡AU!
¡PAF!
GINA
¡Nada! ¡Soy PERFECTA tal como SOY!
10

NATE EL GRANDE
VIVE A TOPE

Lincoln Peirce
NATE EL GRANDE
EL GRANDE

VIVE A TOPE

RBA
LECTORUM

NATE EL GRANDE
VIVE A TOPE

Originally published in English under the title
BIG NATE LIVE IT UP
Author: Lincoln Peirce

Text and illustrations copyright©2015 by United Feature Syndicate, Inc.
Translation copyright©2018 by Mireia Rué
Spanish edition copyright©2018 by RBA LIBROS, S.A.

U.S.A. Edition

Lectorum ISBN 978-1-63245-690-8

Legal deposit: B-12.706-2018

Printed in Spain.

10 9 8 7 6 5 4 3 2 1

Para Ray y Blanche

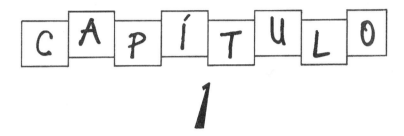

CAPÍTULO 1

Me está poniendo nervioso la fijación de Amanda Kornblatt con los caballos.

Un fastidio, sí. Es martes por la mañana. Estamos en CLM — el Club de Lectura Matutino — y oigo divagar a Amanda sobre otra soporífera historia de ponis. La semana pasada fue *Lomo Prodigioso: El rescate*; hoy, *Lomo Prodigioso: La carrera.*

Teddy soltó un ronquido que sonó EXACTAMENTE como un caballo resoplando — y no lo hizo adrede, es su forma de reírse —. Yo esperaba que Hickey — bueno, quiero decir la señorita Hickson, la bibliotecaria — le sol-

tara una buena bronca, pero la pobre mujer tiene los ojos a media asta. Lo cual me ha sorprendido, porque suele ser un hacha cuando se trata de fingir interés por los libros que lee-

mos. Da igual de qué libro se trate. Lo hace incluso con
bodrios como estos:

Por fin, Amanda ha terminado (¿Quieren saber el final? ¡Lomo Prodigioso gana la carrera!) y cuando ya nos íbamos a clase...

Oh-oh... ¡Todo el mundo a cubierto! No soy muy fan de que los profesores compartan nada con nosotros, a no ser que se trate de dinero o comida, claro. ¿Se acuerdan de cuando el entrenador John nos enseñó la colección de piedras de su riñón?

Hickey saca un librito muy ajado del cajón de su escritorio. Es de la medida de una hoja de castigo.

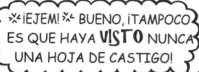

❋¡EJEM!❋ BUENO, ¡TAMPOCO ES QUE HAYA **VISTO** NUNCA UNA HOJA DE CASTIGO!

—¡El otro día encontré esto en los archivos de la escuela! —nos dice.

¡LO ESCRIBIÓ UNA ALUMNA JUSTO AQUÍ, EN LA ESCUELA!

Vale, no es que sea uno de esos momentos para morirse de la emoción. Una alumna escribió un libro. Pregúnteme si me importa un pito.

—Se llamaba Edna Birkdale —prosigue Hickey y se queda allí plantada, con esa irritante sonrisa de los profesores, como diciendo: «Estoy esperando una reacción».

¿EH? CÓMO, ¿QUIÉN? ¿EDNA? ¡NO HAY NINGUNA EDNA EN LA ESCUELA! ¡NO ME SUENA! *❋PFFFT❋*

—No me sorprende que no les suene —prosigue.

—Creía que lo más viejo que había en esta escuela era el señor Gavin —susurra Teddy.

Para su información, el señor Galvin es nuestro profesor de ciencias y sus ARRUGAS tienen arrugas.

—No debería llamarlo libro —se corrige Hickey—. En realidad es una especie de diario acerca de cómo era la Escuela 38 cuando abrió.

—... Y, por supuesto, tampoco tenía aparcamiento —continúa—. En esos tiempos, no había autobuses escolares y los coches apenas se habían INVENTADO.

Dato: Amanda casi me deja K.O. de un codazo. Próximamente: *Lomo Prodigioso 5: La fractura craneal.*

—¡Me encantaría haber vivido en esa época! —exclama con entusiasmo.

—Pues ya somos dos —refunfuño. Hickey echa un vistazo al reloj.

—¡Uy! Se acabó el tiempo. Resérvense esas preguntas para otro día: ¡quizás el diario de Edna tenga las respuestas!

Francis sonríe de oreja a oreja al salir de la biblioteca.

—¡Ese diario parece FASCINANTE!

—Para que lo sepan: el apio es una de las verduras más versátiles de la naturaleza —suelta a la defensiva—. Además, ¿qué tiene de malo querer saber más sobre alguien del pasado?

—Eso era diferente —replico—. Ben Franklin fue inventor, escritor, dibujante... ¡Era alguien genial!

—Yo tuve una tía abuela que se llamaba Edna —dice Chad—. Tenía un solo diente y olía a naftalina.

—Gracias por apoyar mi tesis, Chad —se ríe Teddy.

Ese es Francis. Se interesa realmente por la historia. Y el apio. Y todo lo demás. Todos sabemos que es uno de los niños más listos de la escuela. Pero no va por ahí PAVONEÁNDOSE de ello...

¿Ven a lo que me refiero? Esta es la increíble Gina y su ego descomunal. Ya lo hemos pillado, Gina: tienes un cerebro enorme. Y una boca a juego con él. Me ve y empieza a fanfarronear.

—Buen trabajo en CLM — dice sonriendo con suficiencia.

"OIGAN... **EH**, ¡MIREN TODOS LO QUE **ESTOY** LEYENDO! ¡OTRO DE ESOS CÓMICS ESTÚPIDOS!"

Siento que empiezan a arderme las orejas.

—Si fueras la mitad de lista de lo que pretendes, Gina, sabrías la diferencia entre un cómic y una novela gráfica.

PERO **NO** LO ERES. Y **NO** LO SABES. ¡ASÍ QUE **CIERRA** LA BOCA!

¿NATE?

QUERRÍA HABLAR CONTIGO, POR FAVOR.

Me vuelvo y me encuentro con un estómago de la medida de una camioneta delante de las narices. Es el director Nichols. La pregunta es: ¿cuál de ellos?

EL TIERNO	EL ENÉRGICO	EL FURIOSO
¡Ser director	A veces	¡EH! ¡LES
de escuela es	estos chicos	HE DICHO
el trabajo	me	QUE NO
más	vuelven loco,	CORRAN
MARAVILLOSO	pero ¡en	POR LOS
del	el BUEN	PASILLOS!
MUNDO!	sentido!	

Mmm... Bueno, no pone cara de querer matarme. Esto ya es un alivio.

—Nate, ha llegado un alumno nuevo. ¿Querrías enseñarle la escuela, ayudarle a hacer amigos...? En resumen, ¿ser su «guía y escolta» durante unos días?

¡POR SUPUESTO QUE SÍ!

¡ESTUPENDO! PÁSATE POR MI DESPACHO AL TERMINAR LAS CLASES.

Ahora soy yo el que sonríe con suficiencia.

—¿Qué me dices, Gina? Podría habértelo pedido a ti, pero me ha elegido a mí para enseñarle la escuela al nuevo.

—Felicidades —se ríe.

¡TE HA ENCARGADO UN TRABAJO QUE CUALQUIER *MONO ENTRENADO* PODRÍA HACER!

Por desgracia, no se me ocurre ninguna respuesta ingeniosa que tenga que ver con monos, así que me quedo ahí plantado como un idiota, mientras Gina se aleja.

—No le hagas caso —me dice una voz amiga.

¡EL DIRECTOR NICHOLS SOLO ELIGE A GENTE *AMABLE* COMO GUÍAS DE LOS NUEVOS!

¡Y ESO LA EXCLUYE A *ELLA*!

¡GUIÑO!

¡Ja! Muy buena, Dee Dee. Tal vez Gina sea la presidenta del equipo de debates, pero Dee Dee siempre tiene la última palabra. ¿Queréis saber su secreto?

—¿Y bien? ¿Quién es el nuevo? —me pregunta Dee Dee después de farfullar durante varios minutos sobre... Ummmm... Lo siento, no estaba escuchando.

—Ni idea —le respondo.

Esto es lo que ocurre al ser el «guía-escolta» de un nuevo. Si va bien, va MUY bien, como cuando le enseñé a Teddy la escuela después de mudarse a la ciudad. Nos hicimos superamigos enseguida. Pero ¿y cuando va mal? Entonces acabas con una lista como esta:

En cuanto terminan las clases, corro hacia el despacho del director para conocer al alumno nuevo. Tengo una sensación algo rara. No sé cómo se llama, ni qué pinta tiene, ni nada sobre él...

—Hola, señorita Shipulski.

—Debes de estar aquí por Breckenridge —me dice.

El director Nichols abre la puerta de su despacho y me invita a entrar.

—¡No es un ESO, Nate! ¡Es un QUIÉN!

¡ESTE ES TU NUEVO **COMPAÑERO DE CLASE!**

NATE WRIGHT, ¡ESTE ES **BRECKENRIDGE PUFFINGTON III!!**

Vaya, ¡menudo nombre! El chico me saluda con timidez. La verdad es que tiene pinta de estar a punto de orinarse en los pantalones. Supongo que me toca a mí romper el hielo.

—Hola —lo saludo, alargando la mano. Es como darle un apretón a un espagueti hervido. De repente, me parece reconocerlo vagamente. Breckenridge Puffington III tiene algo que me resulta familiar. ¿O no?

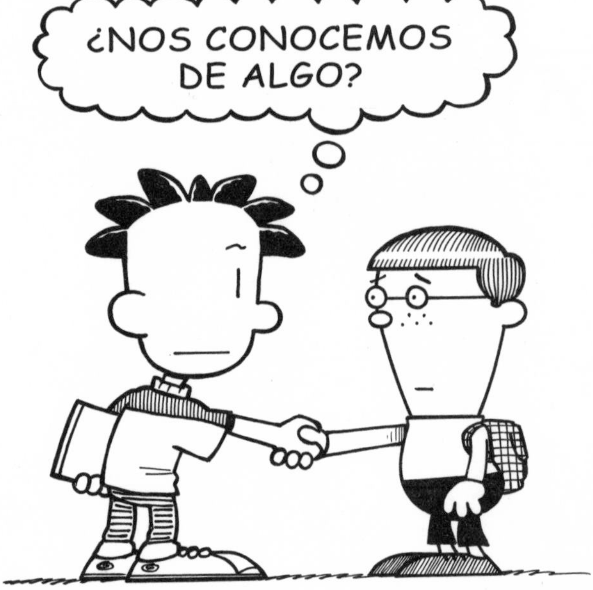
¿NOS CONOCEMOS
DE ALGO?

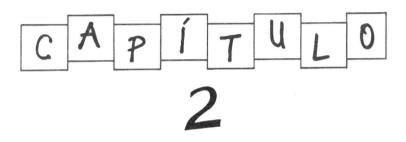

CAPÍTULO 2

—¡Diría que esto es el principio de una hermosa amistad! —anuncia el director Nichols muy entusiasmado cuando Breckenridge y yo salimos de su despacho.

¿VERDAD, SEÑORA SHIPULSKI?

¡POR SUPUESTO! ¡ENSEGUIDA SE HARÁN AMIGOS!

¿Amigos? Esto... No lo creo. No detecto la vibración de la amistad por ningún lado. Me gusta que mis amigos tengan un poco de eso que se llama personalidad y, hasta ahora, este niño me resulta tan interesante como un índice.

Pero se supone que debo enseñarle cómo funcionan las cosas en la escuela, ¿no? Bueno, el primer timbre del día está a punto de sonar, así que será mejor que le informe de lo que le espera.

—¿Y esa quién es? —pregunta.

Su voz suena como un chirrido y un gemido. Es un chimido.

—Es la profesora de estudios sociales —le aclaro. Hojeo mi libreta hasta localizar un fajo de papeles.

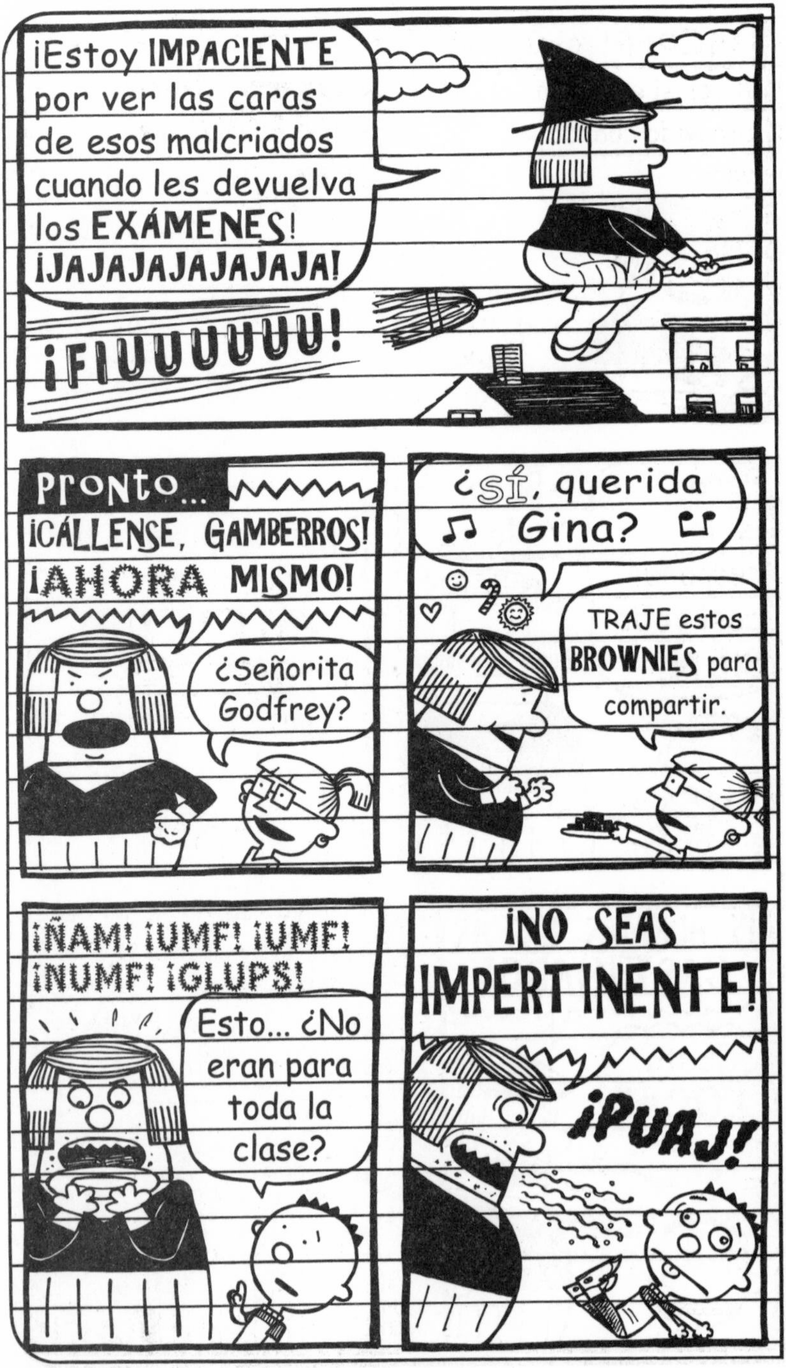
¡Estoy IMPACIENTE por ver las caras de esos malcriados cuando les devuelva los EXÁMENES! ¡JAJAJAJAJAJAJA!
¡FIUUUUUUU!
Pronto...
¡CÁLLENSE, GAMBERROS! ¡AHORA MISMO!
¿Señorita Godfrey?
¿SÍ, querida Gina?
TRAJE estos BROWNIES para compartir.
¡ÑAM! ¡UMF! ¡UMF! ¡NUMF! ¡GLUPS!
Esto... ¿No eran para toda la clase?
¡NO SEAS IMPERTINENTE!
¡PUAJ!

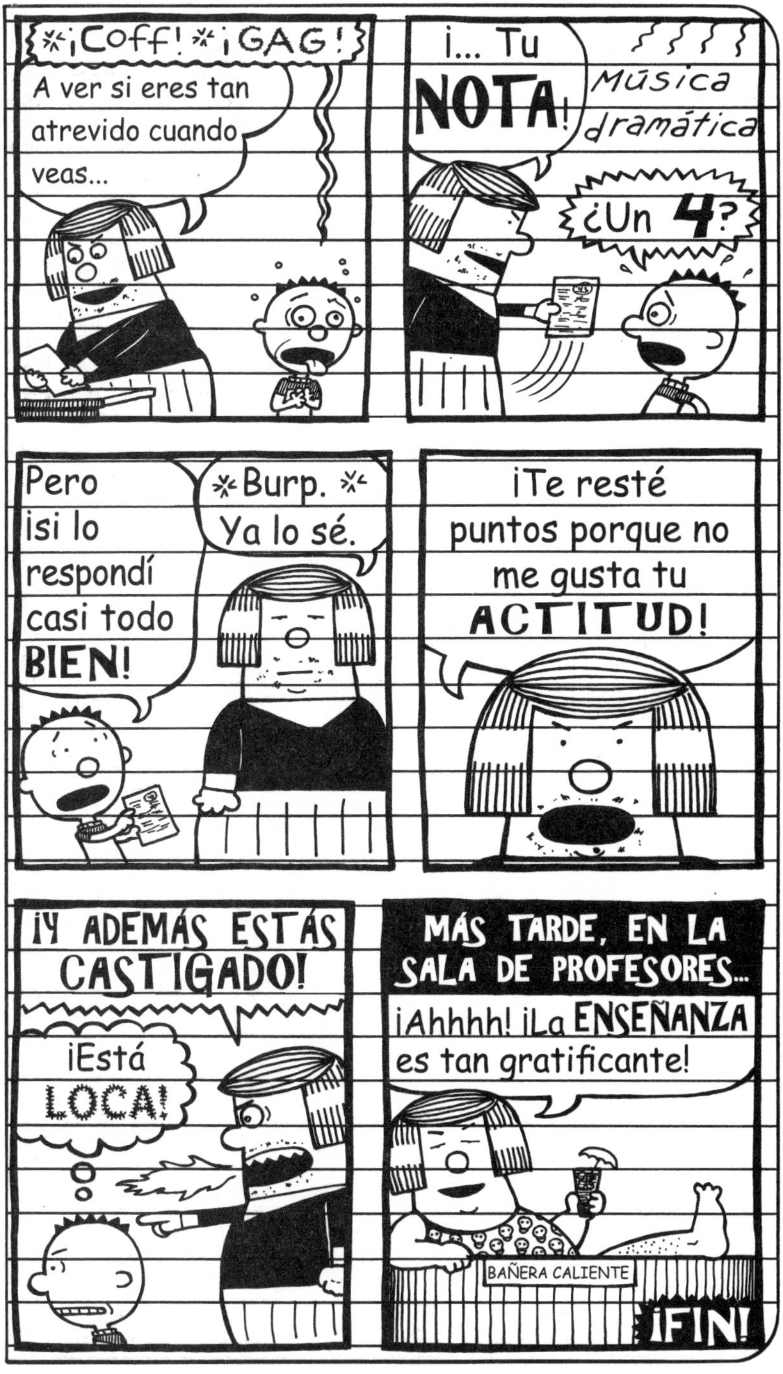
*¡Coff! *¡GAG!
A ver si eres tan atrevido cuando veas...
¡... Tu NOTA!
Música dramática
¿Un 4?
Pero ¡si lo respondí casi todo BIEN!
Burp. Ya lo sé.
¡Te resté puntos porque no me gusta tu ACTITUD!
¡Y ADEMÁS ESTÁS CASTIGADO!
¡Está LOCA!
MÁS TARDE, EN LA SALA DE PROFESORES...
¡Ahhhh! ¡La ENSEÑANZA es tan gratificante!
BAÑERA CALIENTE
¡FIN!

Breckenridge se pone blanco como el papel. Y eso que ya es naturalmente paliducho.

—De... ¿De verdad que es así? —tartamudea. Asiento con la cabeza y respondo:

—¡Oh, sí!

Algunos de mis compañeros sueltan una risita. Eh, ¡es perfectamente comprensible! Tiene un nombre ridículo. Hace pensar más en un príncipe que en una persona.

La señorita Godfrey sonríe a Breckenridge de oreja a oreja —en su caso, un largo recorrido. Y no se lo hace a cualquiera: es la sonrisa que le reserva siempre a Gina.

Ah, ya sé. Breckenridge es un alumno nuevo y Godfrey está haciendo un poco de teatro. De momento, es toda dulzura. Pero con un poco de tiempo...

Mientras estamos enfrascados tratando de acabar una inútil página de ejercicios (¿a quién le importa la batalla de Yorktown?), la señorita Godfrey informa a Breckenridge de las Normas de Conducta o, como a mí me gusta llamarlas...

Suena el timbre y abandonamos el aula: Breckenridge se me pega como una pelusa a una piruleta. No sabía que ser el guía de alguien supusiera ganarte una nueva sombra.

—Me habías dicho que la señorita Godfrey era mala —me susurra—, pero conmigo ha sido muy amable.

Breckenridge ni siquiera esboza una sonrisa. Vale, lo acepto, no ha sido la mejor de mis bromas, pero tampoco ha estado tan mal. Lo intento de nuevo.

—Eh, ¿quieres oír algunos de los apodos de la señorita Godfrey? —le pregunto.

Espero alguna respuesta. Flipo. Pero ¿qué le pasa a este niño?

JA JA JA JA JA JA
JA JA JA JA JA JA
¡CUIDADO!
LINCES

¿Ven a lo que me refiero?

Teddy me ayuda a levantarme, sin parar de reír.

—¿Es que no viste el aviso? —me pregunta.

—Quizás lo habría visto... —le suelto, tratando de escurrirme el agua de la camiseta.

¡... SI... ¡EJEM!... ESTE ME HUBIERA AVISADO!

Breckenridge musita algo acerca de haber tratado de advertirme, pero no lo oigo, porque (a) tiene una vocecilla debilucha y (b)

es difícil escuchar cuando tienes los calzoncillos empapados.

 Además, sigo teniendo la extraña sensación de que lo conozco de alguna parte.

Pero me resulta difícil concentrarme con los calzoncillos mojados.

—¿Por qué había ese charco enorme en el suelo? —me pregunta Breckenridge mientras chapoteo por el pasillo.

—Hay goteras —le respondo.

—Y ¿no pueden arreglarlas?

Es verdad. La escuela se viene abajo. LITERALMENTE.
No hace falta que les haga una lista exhaustiva de todas las
cosas que necesitan arreglo. Bastará con unas pocas.

—Bueno… aunque sea un antro, necesito conocerla —señala Breckenridge.

—Sí, es cierto: te haré un *tour*. Pero lo haremos…

Miren, cualquiera puede llevar a Breckenridge de la enfermería a la sala de informática y luego enseñarle todas y cada una de las aulas, pero se necesita tener a un guía especial para conocer los lugares realmente relevantes de la escuela. Así que ¡allá vamos!

AQUÍ ES DONDE TEDDY CONSIGUIÓ EL RÉCORD DE LA ESCUELA EN LA MARATÓN DE ERUCTOS.

ESTE ES EL LUGAR DONDE ESTABA MARK CHESWICK CUANDO SUS PANTALONES EXPLOTARON.

MARY ELLEN POPOWSKI VOMITÓ ENCIMA DE LAS ZAPATILLAS DEL ENTRENADOR JOHN AQUÍ.

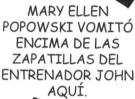

¡Y JUSTO AQUÍ LE ARROJÉ A RANDY UN PASTEL DE YOGUR DE COCO A LA CARA!

—¿Quién es Randy? — chirría Breckenridge.

Alerta roja. Este es Randy Betancourt, el imbécil rematado de la escuela. ¿Dónde están los pasteles de yogur de coco cuando los necesitas?

—¡He oído que tenemos a un nuevo fracasado en la ciudad! — dice en tono burlón.

Randy me aparta de un empu-
jón y se planta delante de
Breckenridge, cara a cara. O
mejor pecho a cara. El pobre
chico tiembla como una bati-
dora llena de gelatina.

—¿Cómo te llamas, canijo?

Justo lo que me temía. Breckenridge no es solo un alumno nuevo: es nuevo, retardado y tiene un nombre que hace pensar en un internado inglés. El pobre va a ser un imán para las burlas.

—¡Vamos, chicos! —croa Randy—. Démosle al señor Puf la bienvenida oficial a la escuela.

Miro alrededor, sin poder hacer nada. Nunca falla: cada vez que Randy y su grupito empiezan a hacer de las suyas no hay un solo profesor a la vista. A no ser que alguien intervenga…

Sí, ya lo sé: ni siquiera me cae bien este chico. Y yo estoy solo; ellos, en cambio, son un montón. Así que ¿por qué debería arriesgar mi cuello por Breckenridge Puffington III?

CAPÍTULO

3

El elemento sorpresa: es lo único que tengo a mi favor.

Oigo caer algo, pero, sea lo que sea, se mueve tan deprisa que no me da tiempo de quitarme de en medio.

¡CLONC!

Algo me da en la cabeza. Al cabo de un momento —por segunda vez en el mismo día—, estoy tendido en el suelo, como una ardilla atropellada. Parpadeo con dificultad y miro alrededor. ¿Qué me ha golpeado?

¿Una placa del techo? ¿Eso es TODO? ¿No ha sido un tren de carga? ¿O uno de esos yunques del Correcaminos?

—¡Menos mal que estas placas son casi todo poliestireno! —dice mientras me ayuda a levantarme.

—Pues son de un poliestireno que PESA bastante —protesto—. Es muy peligroso. Casi mortal.

¿Qué? ¡Un momento, un momento! ¡No nos precipitemos!

—No necesito ir a ver a la señorita Albert —le suelto.

SOBRE LA SEÑORITA ALBERT:
Le encanta hacerte preguntas mientras te mete un palito de madera hasta la garganta.

¡BIEN! ¿CÓMO TE VA LA VIDA?

¡GRRRK!

La señorita Albert es la enfermera de la escuela. Y no, no me da miedo, si es eso lo que están pensando. Es solo que las enfermerías no son precisamente un lugar divertido, ¿saben?

Normalmente vas allí para que te saquen una astilla que tenías clavada en el dedo...

NO... VOY... A... GRITAR. NO VOY... A...

¡AAAAAH!

O porque te has sentado en un cactus por accidente.

AY, MADRE.

VIDA SALUDA

(Sí, una vez me senté en un cactus. Y podría haberle ocurrido a cualquiera, así que no quiero comentarios.) Bueno, ¿qué tal si pasamos de lo de la enfermería?

No tengo tanta suerte. La señorita Clarke me deja bien claro que no era una sugerencia, sino una ORDEN, y el director Nichols, cuyo trabajo consiste en darles la razón a los profesores, la apoya. (Alucinante.) Así que ¿qué otra cosa puedo hacer? Pues ir a ver a la señora Albert.

¿Vuelve en cinco minutos? Genial. Puedo invertirlos en trabajar en mi última obra maestra del cómic:

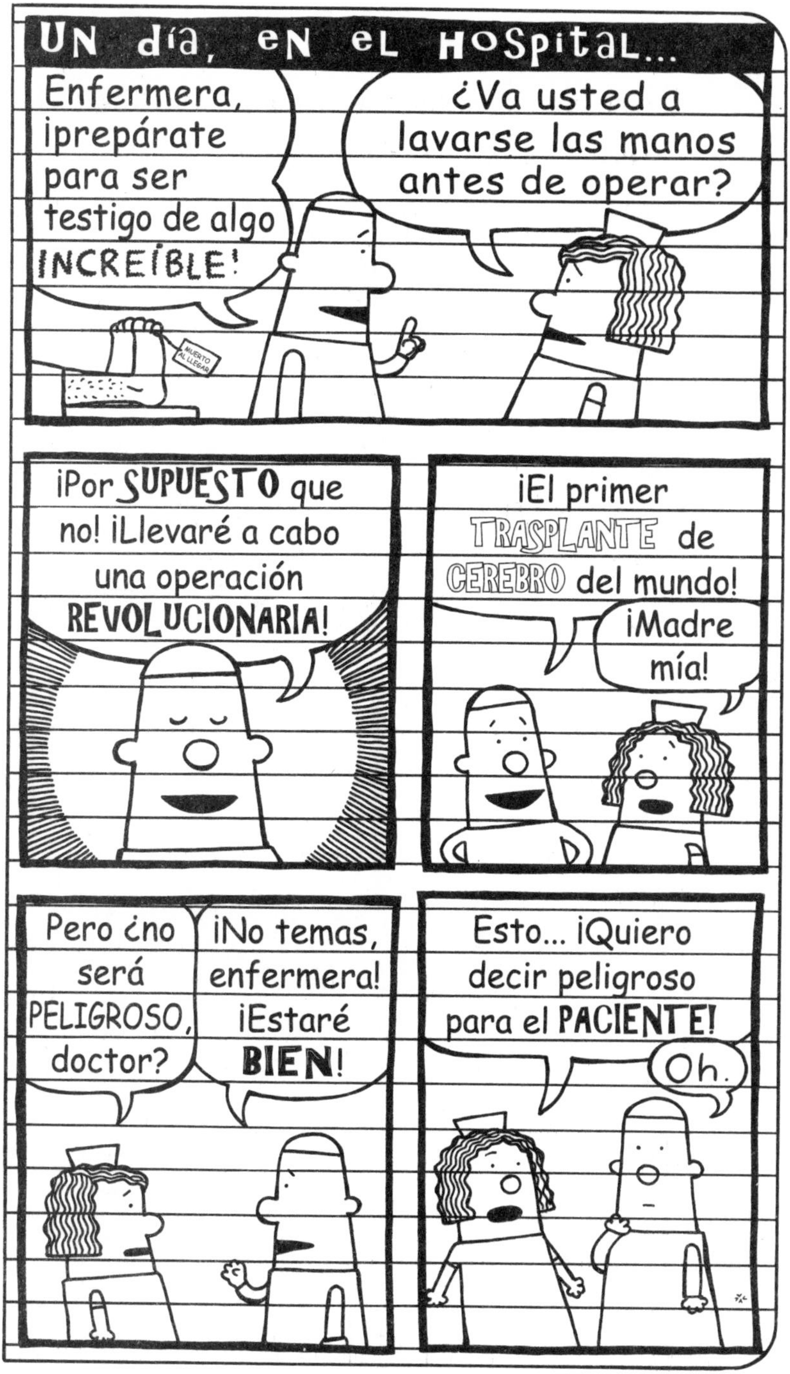
UN día, EN EL HOSPITAL...
Enfermera, ¡prepárate para ser testigo de algo INCREÍBLE!
¿Va usted a lavarse las manos antes de operar?
MUERTO AL LLEGAR
¡Por SUPUESTO que no! ¡Llevaré a cabo una operación REVOLUCIONARIA!
¡El primer TRASPLANTE de CEREBRO del mundo!
¡Madre mía!
Pero ¿no será PELIGROSO, doctor?
¡No temas, enfermera! ¡Estaré BIEN!
Esto... ¡Quiero decir peligroso para el PACIENTE!
Oh.

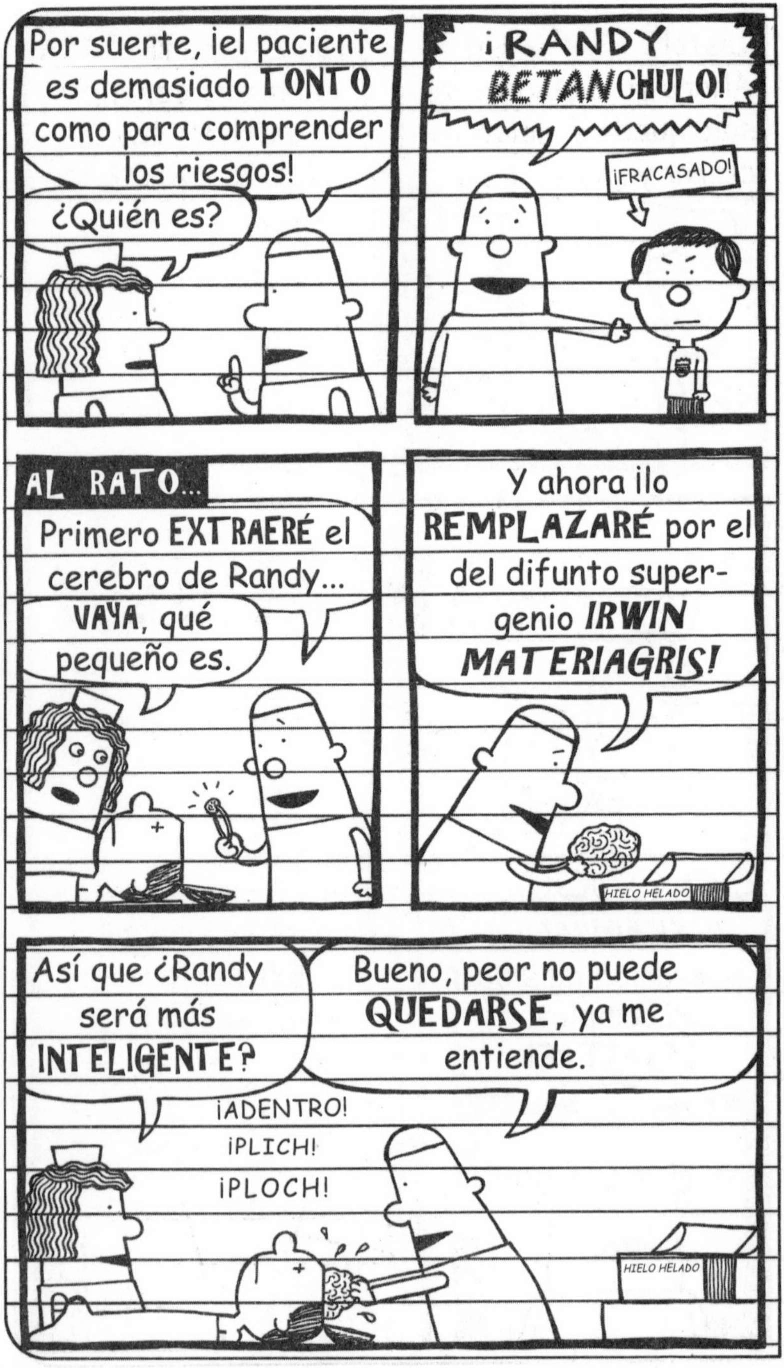

Por suerte, ¡el paciente es demasiado TONTO como para comprender los riesgos!
¿Quién es?
¡RANDY BETANCHULO!
¡FRACASADO!
AL RATO...
Primero EXTRAERÉ el cerebro de Randy...
VAYA, qué pequeño es.
Y ahora ¡lo REMPLAZARÉ por el del difunto super-genio IRWIN MATERIAGRIS!
HIELO HELADO
Así que ¿Randy será más INTELIGENTE?
Bueno, peor no puede QUEDARSE, ya me entiende.
¡ADENTRO!
¡PLICH!
¡PLOCH!
HIELO HELADO

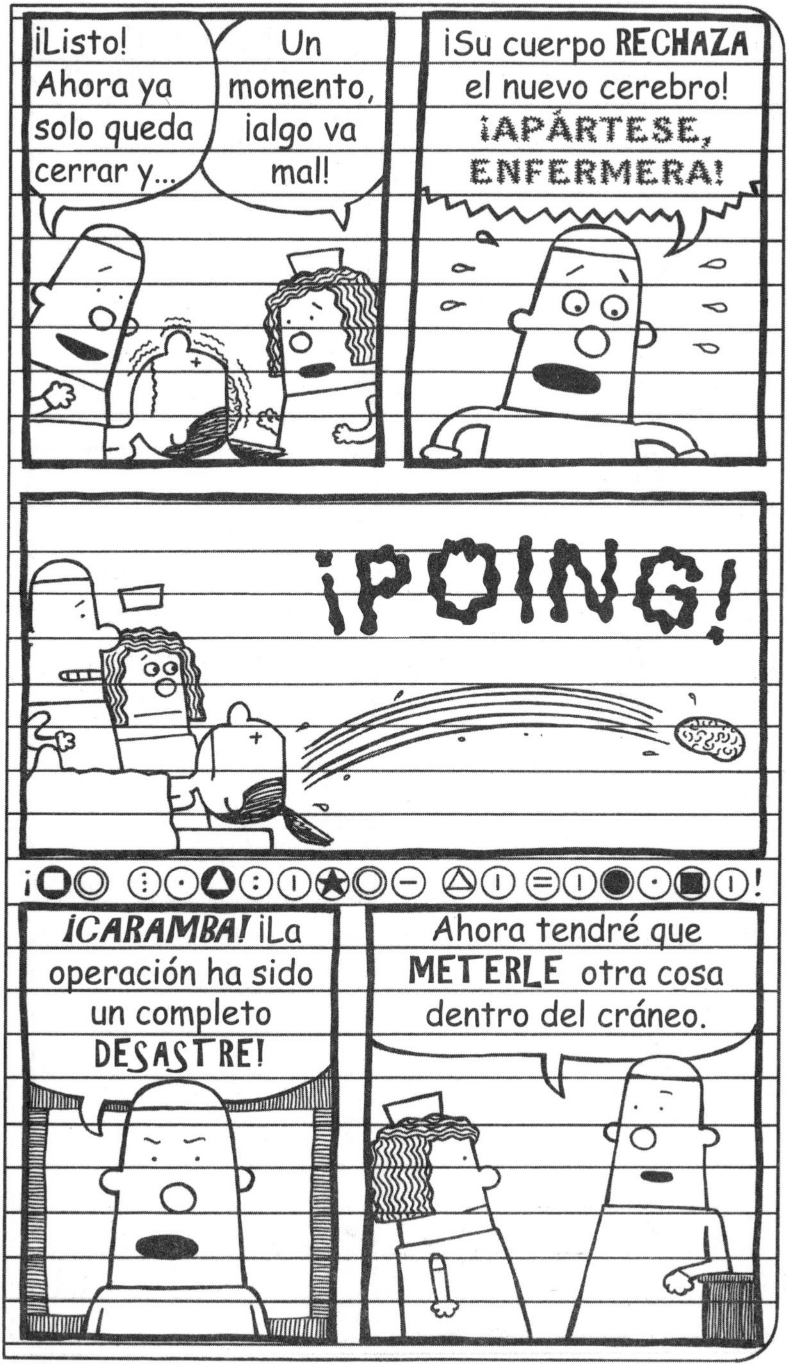

¡Listo! Ahora ya solo queda cerrar y...
Un momento, ¡algo va mal!
¡Su cuerpo RECHAZA el nuevo cerebro! ¡APÁRTESE, ENFERMERA!
¡POING!
¡CARAMBA! ¡La operación ha sido un completo DESASTRE!
Ahora tendré que METERLE otra cosa dentro del cráneo.

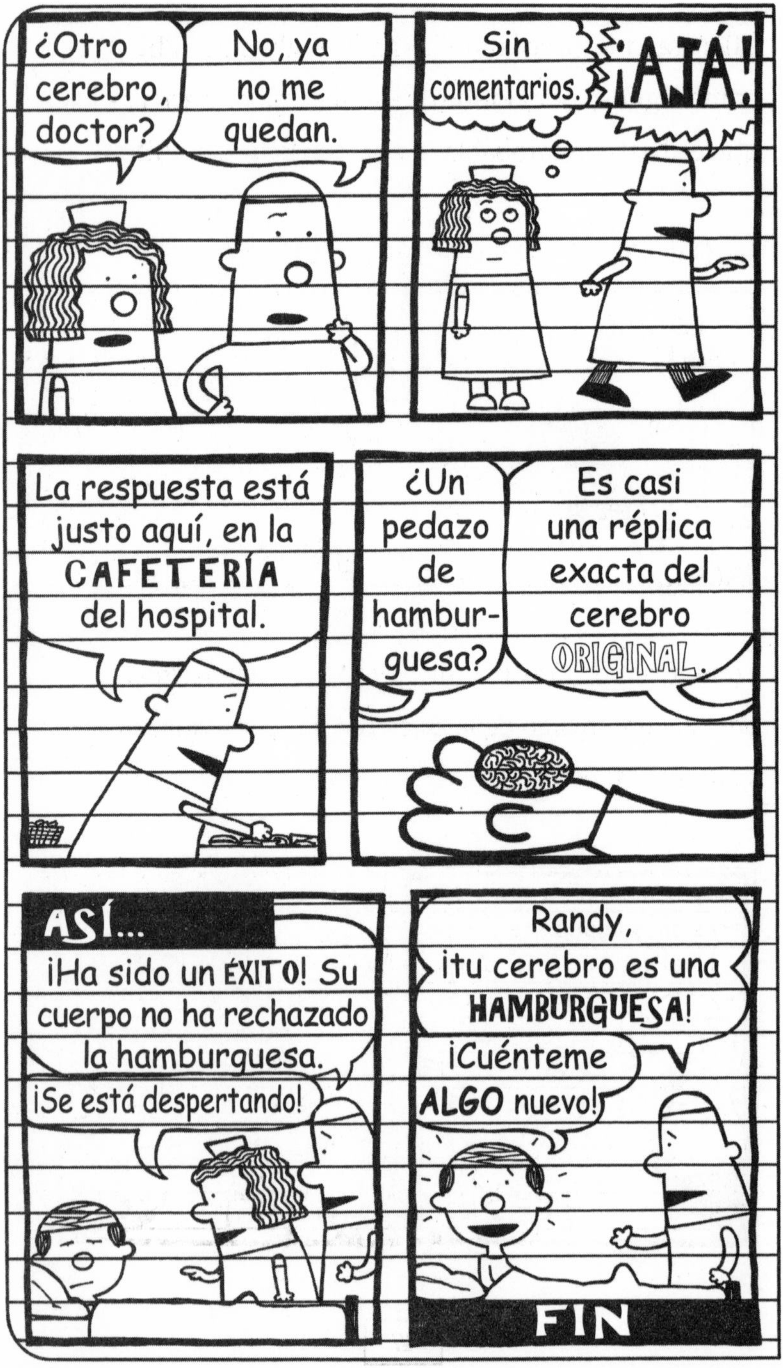
¿Otro cerebro, doctor?
No, ya no me quedan.
Sin comentarios.
¡AJÁ!
La respuesta está justo aquí, en la CAFETERÍA del hospital.
¿Un pedazo de hamburguesa?
Es casi una réplica exacta del cerebro ORIGINAL.
ASÍ...
¡Ha sido un ÉXITO! Su cuerpo no ha rechazado la hamburguesa.
¡Se está despertando!
Randy, ¡tu cerebro es una HAMBURGUESA!
¡Cuénteme ALGO nuevo!
FIN

Mientras me pregunto si Randy realmente TIENE una hamburguesa por cerebro (¿estamos todos de acuerdo en que es bastante probable?), aparece la señora Albert.

—¡Hola, Nate! —trina—. ¿Qué te trae por aquí?

Comiquísimo. ¿Verdad que es genial cuando los adultos nos recuerdan algo de lo que querríamos olvidarnos para siempre? Mi padre es el REY de esta especialidad.

—Me cayó una placa del techo en la cabeza. —La señora Albert abre los ojos como platos.

—¿OTRA VEZ? ¡La semana pasada le ocurrió lo mismo a la señorita Godfrey!

—¡Ajá! —exclama una voz familiar.

—¡Cállense! —musito. Francis y Teddy lo saben mejor que nadie: si alguien me compara con la señorita Godfrey, seguro que me entran ganas de vomitar.

—¡Menuda mañanita has tenido! —grazna Teddy.

—Vaya —suspira la señora Albert examinando el bulto que tengo en la cabeza—. ¡Esta escuela es una RUINA!

Qué irónico: un discurso sobre CAC saliendo de la boca de una mujer con manos de mandarria.

—¿Señora Albert? —le pregunta Francis—. Si esta escuela es una ruina...

—¿Que por qué no la arreglan? —lo interrumpe ella, acabando la pregunta—. Les gustaría mucho hacerlo, créanme. Pero eso cuesta DINERO. Si le hicieran un buen lavado de cara a este sitio, no tendrían dinero para pagarles a los profesores.

—Y ¿dónde está el problema? —le suelto. Teddy se ríe.

—El problema es que si no se espabilan, llegarán tarde a la siguiente clase —nos insta la señora Albert. Y, dándome una palmadita en el hombro, añade—: Tu cabeza está bien, Nate.

De camino a la clase de arte, contamos las placas del techo que se caen a pedazos... LITERALMENTE. No me extrañaría que una mañana nos levantáramos y en lugar de escuela nos encontráramos un montón de escombros.

—Qué pena que no puedan arreglarla —opina Francis.

—Significa que la escuela va a cumplir cien años —aclara Francis—. La señorita Shipulski dice que se celebrará una especie de fiesta de cumpleaños.

—¡Lo que deberían hacer es una fiesta de JUBILACIÓN! —exclamo.

Dee Dee llega a la carrera. No sabría decir si está preocupada o emocionada. Probablemente ambas cosas. Es multiemocional.

—No fue nada —le digo. Dee Dee parece decepcionada. Para ella el drama es lo que el oxígeno para los demás.

—Un momento —añado—. En realidad hay algo positivo en todo esto.

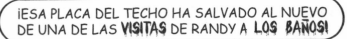

¡ESA PLACA DEL TECHO HA SALVADO AL NUEVO DE UNA DE LAS VISITAS DE RANDY A LOS BAÑOS!

¿CÓMO?

¿QUÉ QUIERES DECIR?

Les cuento que el grupito de Randy estaba a punto de darle una paliza a Breckenridge, pero que apareció un montón de gente cuando esa placa se me cayó encima.

¡AJÁ! Y CUANDO APARECIERON LOS PROFESORES, ¡RANDY SE LARGÓ!

¡EXACTO!

ES UNA RATA.

—Al menos Brokenridge se ha librado —observa Francis—. Pobre chico: ¡vérselas con Randy su primer día de escuela!

—Es BRECKENridge —lo corrijo—. Y antes de que empiece a darles demasiada pena...

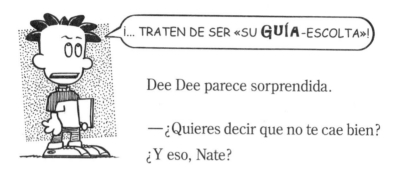

i... TRATEN DE SER «SU **GUÍA**-ESCOLTA»!

Dee Dee parece sorprendida.

—¿Quieres decir que no te cae bien? ¿Y eso, Nate?

—Bueno —respondo, un poco incómodo—, no quiero parecer malo ni nada de eso...

—Eso nunca ha sido un impedimento para ti —bromea Teddy.

—¿De dónde sacas todo eso? —pregunta Dee Dee—. ¡Hace APENAS DOS HORAS que lo conoces!

—Es una SENSACIÓN. No puedo explicarlo. No lo entenderías.

—Por supuesto que no — dice Dee Dee con sarcasmo.

—No le hagas caso —me dice Teddy cuando nos sentamos—. No es culpa TUYA que Brackenhutch no sea genial.

—Es Breckenridge —le recuerdo—. Y tampoco es que espere que sea el Señor Maravillas. Solo habría querido que fuera un poco menos...

Es el señor Rosa. Y no está solo.

—Nate... Teddy... Francis... ¿Conocen ya a su nuevo compañero, Breckenridge Puffington III?

Despego los labios para responder, pero Breckenridge se me adelanta.

—¡Sí! ¡Ya nos conocemos! —chirría acercando un taburete a nuestra mesa—. En realidad...

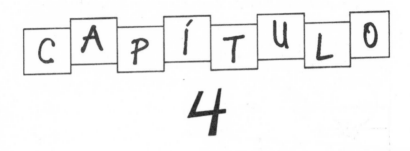

Un momento, ¿qué pasó? ¿Acaba Breckenridge de llamarme MEJOR AMIGO? ¿A mí?

Genial. ¿Ven de lo que me sirve tratar de hacer lo correcto?

Ahora el Capitán Lapa cree que somos almas gemelas. Pues yo no NECESITO otro mejor amigo. Ya tengo dos. Así que ¿cómo se supone que debo lidiar con esto?

Mmm. Es tentador, pero no me es posible arrojar a Breckenridge a la cuneta de ese modo. No estaría bien. Además, al director Nichols le daría algo. Tiene que haber otro modo de sortear esa situación... sin comportarme como una rata, no sé si me entienden. Vamos, cerebro: ¡PIENSA!

Cuando Breckenridge se aleja lo suficiente, me acerco a Francis y a Teddy.

—¿Oyeron lo que dijo? —les susurro.

—Ahora mismo no oigo nada —responde Teddy.

—¡Vamos, hablemos en serio por un momento! —siseo —.
¡Breckenridge acaba de decir que soy su MEJOR AMIGO!

Francis levanta una ceja: —Bueno. Es que lo eres.

—Sí, pero tampoco co-
noce bien a Nate —ob-
serva Teddy—. Tal como
ha dicho Dee Dee, los pre-
sentaron hace un par de
horas.

Les hablo de esa irritante sensación que tengo de conocer a Breckenridge de antes.

—¡Qué raro! — dice Francis frunciendo el ceño.

—Tan raro como el propio Breckenridge — se desternilla Teddy.

—Sí — musito —. Y ahora lo tengo siempre ENCIMA.

—¡Claro! ¡SÍ! —exclamo—. ¡Lo exhibiré por la cafetería a la hora de comer!

—Yo también —dice—. Me gusta dibujar.

¿En serio? Vaya. ¡Atención todo el mundo! Puede que Breckenridge Puffington III y yo tengamos algo en COMÚN.

Coge un lápiz, se inclina encima de la hoja de papel...

... y se pone a CANTAR. Menudo lunático. Este niño es más raro que una moneda con dos caras. Pero esperen, que aún hay más. Fíjense en lo que dibuja.

—Esto... Oye, esta hora es de «expresión artística libre» —le digo—. El profesor Rosa nos deja dibujar lo que queramos.

—Ya lo sé —me responde—. Es que me gustan las flores.

Muy bien, vale. Yo no tengo nada en contra de las flores. Es solo que no me gusta dibujarlas.

Breckenridge sigue hablando.

—Por supuesto, no solo me gustan las flores. Me gusta TODO tipo de flora.

Y cuando digo «interesante» quiero decir «tan aburrido que me entran ganas de pegarme un tiro». Se pasa la hora siguiente hablándome de sus musgos preferidos.

Y, por fin, suena el timbre. Ha sido la peor clase de arte desde el día «Dibuja una patata».

Exacto: hora de poner mi plan en acción. La hora de la comida es el único momento del día en que toda la escuela está reunida en una sala. Así que si voy a encontrar a alguien para Breckenridge...

Paseo la mirada por la cafetería. Mmm. Veo algunas posibilidades decentes. He aquí algunos de los candidatos:

NICK BLONSKY
Pros: Es un imbécil rematado y un mentiroso y apenas tiene amigos. En otras palabras, Breckenridge no tendrá competencia.
Contras: Véase el apartado de «pros».

RODERICK MATHIS
Pros: Es muy popular y todo se le da bien.
Contras: Probablemente no estará pensando: «Ojalá pudiera tener a un amigo que aspira a ser botánico».

CHESTER BUDRICK
Pros: Tiene la envergadura de un autobús, así que podría proteger a Breckenridge de chicos como Randy.
Contras: Es un sociópata potencialmente violento.

Me vuelvo hacia Breckenridge...

y me doy cuenta de que la cosa va a ser más difícil de lo que creía. ¿Qué clase de idiota querría ser amigo de este niño?

Y entonces...   de repente...   ¡lo veo claro!

¡ARTUR!

—Hola, Nate —me dice Artur con su entrañable (pero aún así irritante) acento.

¿Cómo no se me había ocurrido ANTES? A Artur le cae bien todo el mundo y cae bien a (casi) todo el mundo. Lo único que tengo que hacer es presentarle a Breckenridge y desaparecer.

Muy bien, he aquí las malas noticias: me doy de cabeza contra el trasero gordo del entrenador John. Pero las buenas noticias son...

¿SE PUEDE SABER QUÉ HACES?

Era broma. No hay buenas noticias.

Trago saliva y respondo:

—Iba... iba a ponerme en la fila de la comida.

—¿No me digas? —exclama el entrenador John. Su voz falsamente amable resuena por la cafetería como un cañonazo.

¡IBAS CON TANTA PRISA QUE CREÍA QUE HACÍAS EJERCICIO!

Se me encoge el estómago. Enseguida llegará lo peor.

—Si lo que quieres es ejercicio, ¡me aseguraré de que lo tengas de sobra en clase de gimnasia! —truena.

AHORA ¡SIÉNTATE!

—Sí, señor —mascullo, corriendo a sentarme a la mesa más cercana. ¡Fiu! Podría haber sido peor. He visto al entrenador John descargando toda su ira por mucho menos.

¡No me gusta tu CAMISETA! ASÍ QUE ¡HAZME VEINTE FLEXIONES!

Bueno, las cosas están mejorando. El Entrenador Pirado no me ha llevado tan tenso...

—Creía que te sentabas con Artur —le digo, tratando de ocultar el fastidio. ¡Mi vida sin este Compinche Forzado no ha durado ni veinte segundos!

—Sí —me dice asintiendo con la cabeza.

Vaya. Debería haberlo visto venir. Jenny (que casi estaba a punto de convertirse en mi novia antes de que apareciera Artur) es genial, pero tiene un gusto un poco raro en cuanto a chicos se refiere.

Suelto un gruñido. Hablar de Jenny y Artur es como llevar calzoncillos de yute: no mata a nadie, pero es muy incómodo. Mejor cambiar de tema.

—Breckenridge, quería hacerte una pregunta.

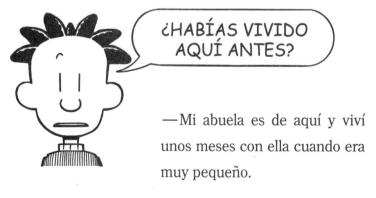

—Mi abuela es de aquí y viví unos meses con ella cuando era muy pequeño.

—¡Ajá! —exclamo descargando el puño sobre la mesa—. ¡Sabía que nos habíamos visto antes!

Él niega con la cabeza.

—No lo creo.

¿Qué? Eso es imposible. ¿Cómo es posible que alguien no me recuerde? Soy una persona memorable.

—¿Quieres que compartamos mi comida? —me ofrece Breckenridge.

No la soporto. Es la segunda cosa más asquerosa que he visto hoy. (La primera, por supuesto, ha sido la imitación de un par de siameses que han hecho Artur y Jenny.)

—No, gracias —murmuro, mientras me levanto de la mesa—. Tengo que irme.

Salgo pitando al pasillo antes de que Breckenridge pueda decir nada. ¡LIBERTAD! Después de tenerlo detrás de mí como un sabueso, es agradable estar solo de nuevo.

Oh-oh. No me digas que mis penalizaciones por entregas atrasadas de los libros alcanzan ya las tres cifras.

—Tengo aquí a una jovencita a la que me gustaría que conocieras, Nate —me dice la señorita Hickson con una sonrisa.

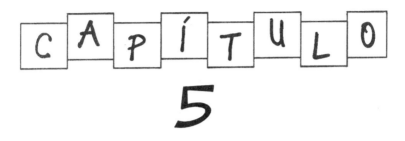

C A P Í T U L O
5

—Hice algunas fotocopias del diario de Edna Birkdale
—me dice Hickey, tendiéndome un fajo de papeles.

¡... ESE DEL QUE LES HABLÉ
ESTA MAÑANA EN EL CLM!

Vaya, ¿fue esta mañana? Tengo la sensación de que ha pasado como un MES. El tiempo no vuela precisamente en el Planeta Breckenridge.

Mmm. Así que la señorita Hickson habla con los pájaros. Los bibliotecarias son tan... ¿Cómo era esa palabra?

Lo cual significa que no están muy bien del coco, no sé si me entienden. Bueno, al menos en la sala de informática hay sillas bastante cómodas: veamos por qué es tan estupenda esa Edna Como-se-llame.

7 de septiembre

7 de septiembre
¡Hoy fue un día emocionante!
Por fin se inauguró la Escuela
Pública 38. Y menuda escena
protagonizaron el alcalde Steffens y
nuestro nuevo director, el señor
Prentiss, cuando cortaron la cinta
roja que estaba tendida delante de la
puerta principal. ¡Fue magnífico!
cuando entramos, ninguno de los
futuros alumnos podíamos creer lo que
veían nuestros ojos. ¡Nuestra querida
flamante escuela parece un palacio real!
Y las aulas son enormes... casi tanto como

¿Y se supone que ESTE es mi tipo de chica? Pues no lo veo. En primer lugar, es una nerda. ¡Fíjense en la caligrafía! Y, en segundo lugar, es aburrida a morir. La primera página de su diario por poco me pone a dormir.

Y entonces paso a la página DOS.

¡Madre mía! ¡No me lo puedo CREER!

> ¡EDNA BIRKDALE DIBUJABA **CÓMICS**!

Vale, no es el cómic más tronchante que he leído, pero, considerando que tiene más de cien años, debo ser condescendiente con Edna en el departamento de las carcajadas. Además, me gusta cómo dibuja. Lo hace casi tan bien como yo.

Sigo leyendo. Hickey solo me dio unas cuantas páginas, pero hay un montón de detalles en los que fijarse. Hay un dibujo de las dos mejores amigas de Edna. (Por cierto, habría que despedir al encargado de poner los nombres en esa época.)

Gertrude es terriblemente inteligente...	Y Mildred, ¡simplemente terrible!
LAS NIÑAS SON TAN LISTAS COMO LOS NIÑOS. ¡YO DIRÍA QUE MÁS! ¡JI JI!	PÁTAME

Y también hay una compañera de clase que no le cae tan bien. (¿Te recuerda a alguien, Gina?)

Incluso hay un dibujo del primer abusón de la escuela. ¿Me pregunto si su apellido será Betancourt?

Hickey tenía toda la razón: esto es genial. No suelo ser un fan de las cosas «de los viejos tiempos» (la razón n.° 8.000 de que no soporte estudios sociales), pero esto es distinto. ¡Esto es un cómic!

SI EDNA BIRKDALE ESTUVIERA ENTRE NOSOTROS, ¡SEGURO QUE SERÍA UNA GARABATOS!

«Garabatos» es el nombre no oficial para los miembros del Club del Cómic de la Escuela —el mejor club de toda la galaxia— y nos encantaría contar con alguien como Edna. Hace siglos que no tenemos a un nuevo miembro.

✳¡SUSPIRO!✳ ... Y HABLANDO DE NUEVOS...

¡OH, ESTÁS AQUÍ!

FUERA DE SERVICIO

Dejo escapar un gruñido. ¡Adiós a mi soledad! Fue bonito mientras duró.

Breckenridge me mira con recelo.

—Has dicho que tenías una CITA.

—¡Y la TENGO! Quiero decir… ¡la TENÍA!

¡BUENO… ESTO… TUVE UNA CITA CON LA **BIBLIOTECARIA**!

Eh, es casi verdad. Técnicamente, me reuní con Hickey en el pasillo. Breckenridge no tiene por qué saber que nos encontramos por casualidad.

No aparta la mirada de los papeles que tengo en la mano.

—¿Qué es eso? —me pregunta.

—¿Esto? Unos deberes —le respondo, metiéndome las hojas en el bolsillo.

¡VAMOS, DÉMONOS PRISA!

¡TENEMOS EDUCACIÓN FÍSICA!

AULA DE INFORMÁTICA

Sé lo que están pensando: ¿por qué no le he dicho nada del diario de Edna? Porque entonces querrá unirse al CLM, por eso.

Quizás esté exagerando… pero ¿acaso pueden culparme?
Lo único que he hecho es acceder a acompañarlo por la
escuela…

Breckenridge me coge del brazo.

—¿Qué ocurre?

—¿Cómo quieres que lo sepa? —le gruño. Me temo que
he sido un poco brusco, pero, por si no lo habían notado,
el señor Debilucho este me está poniendo nervioso.

—¿Y bien? ¿Acaso tienen CERA en los oídos? —brama el entrenador John.

¡FUERA!

—Será un simulacro de incendio —me dice Teddy mientras avanzamos pasillo abajo.

—Pero la alarma no ha sonado —observa Francis—. Debe de tratarse de otra cosa.

Como siempre, tiene razón. Una vez fuera del edificio, el director Nichols anuncia:

¡NO HAY MOTIVO DE PREOCUPACIÓN!

HUBO UN **ESCAPE DE GAS** MENOR EN EL EDIFICIO.

—Eso ya lo sabíamos —susurra Teddy—. Es cosa de la señorita Godfrey.

—Y podrán regresar a clase dentro de una hora.

Vaya. Yo esperaba que nos dijera: «Hasta mañana».

—Mientras —prosigue el director Nichols…

Todo el mundo se dispersa. Los profesores se sientan a la sombra a hablar de lo que hablan los profesores cuando no trabajan…

Mientras los alumnos se dividen en sus habituales grupos de recreo.

—¡Supongo que asistir a una escuela que es una ruina tiene sus ventajas! —exclama Francis muy contento—. Una tubería de gas de cien años se agrieta…

—Roderick se encontró una pelota —dice Teddy—. ¡Vamos a jugar!

Oh, Dios mío. Quizá si Breckenridge no fuera tan aguafiestas podríamos encontrar alguna actividad en la que incluirlo. Pero es que NO HACE el menor esfuerzo para encajar. Vamos, chico. ¡Adáptate un poco!

—En lugar de derribar al oponente podríamos solo empujarlo un poco — ofrece Francis, tratando de ayudar.

—No me gustan los deportes — resuelve Breckenridge resoplando.

Me siento un poco mal por abandonar a Breckenridge, pero ¿qué se supone que debo hacer? ¿Cogerlo de la mano? Queremos jugar fútbol americano y él no. Fin de la historia.

Mientras nos alineamos para empezar el juego, veo a Jenny y a Artur contemplando el partido desde la línea de banda. Es un detalle por su parte que se tomen un respiro.

—¡Eh, chicos! —les grito. (Y cuando digo: «Eh, chicos», en realidad quiero decir: «Eh, Jenny»)—. ¡Miren ESTO!

Ay. «Impactar» es la palabra justa, sí. Roderick me embiste con tanta fuerza que incluso los CALCETINES me duelen. Para cuando consigo recuperar el aliento, el equipo contrario ya se ha hecho con el balón y ha marcado. Ahora espero de verdad que Jenny NO esté mirando.

Francis se inclina sobre mí.

—¿Estás bien, Nate?

—Sí, claro —murmuro, poniéndome en pie como puedo—. ¿Qué son un par de costillas rotas entre amigos?

—¿Puedes seguir jugando? —pregunta Teddy.

—Sí, estoy bien. Jugaré —respondo, asintiendo con la
cabeza.

CAPÍTULO 6

Es el director Nichols. Probablemente ha visto el placaje que me ha hecho Roderick y quiere asegurarse de que aún respiro. Los adultos son muy paranoicos con esas cosas.

NATE, VEN AQUÍ **AHORA** MISMO.

—No estoy herido ni nada —protesto, mientras lo sigo fuera del campo. En otras palabras: una visita a la señorita Albert basta por un día. Bueno, en realidad basta por todo un AÑO.

—No estaba sugiriendo que fueras tú el que estuviera herido —gruñe.

PERO **ALGUIEN** LO ESTÁ.

—¿Qué quiere decir?

No me responde. Supongo que estamos jugando a las adivinanzas. Pero tengo la sensación de que no me va a gustar la respuesta.

—¿Quién ha resultado herido? —digo de nuevo.

UN **AMIGO** TUYO.

El estómago me da un vuelco al ver a Breckenridge sentado en una esquina del patio de la escuela. Parece más solo que una mofeta con mal aliento.

El director Nichols me habla con una voz sosegada pero firme. (No SOPORTO ese tono sosegado-pero-firme.)

—Accediste a ser el escolta de este muchacho, Nate — empieza a decirme.

—Le dijimos que podía jugar, pero ¡no quiso!

Incluso antes de acabar de pronunciar esas palabras, me doy cuenta de lo patéticas que suenan. Y el director Nichols, también. Inspira con fuerza y me dice:

—Nate, me sorprendes.

SORPRENDER. Esta es una de las gordas. Es una de las...

Empiezan a arderme las mejillas. Sí, metí la pata. Pero también la metió BRECKENRIDGE por ser tan aburrido. Nada de esto habría ocurrido si hubiera sido un poco más...

... NORMAL.

¿Y BIEN? ¿QUÉ TIENES QUE DECIR EN TU DEFENSA?

—Um... ¿cómo? —mascullo.

El director Nichols sacude la cabeza.

—No me lo digas a mí. Díselo a tu COMPAÑERO. Mi compañero. Ese con pinta de retardado y voz nasal que come ensalada de huevo. Fantástico.

—Oh, y recuerda, Nate...

NO TE SEPARES DE ÉL. ALLÍ DONDE VAYA ¡VAS TÚ!

TE ESTARÉ VIGILANDO.

La cosa ha dado un giro de 180 grados. Primero trato de librarme de este plasta y ahora le ruego que me acepte de nuevo. Raro. Quizá pueda actuar como si nada hubiera sucedido.

OH, ¡ESTÁS **AQUÍ**, BRECKENRIDGE!

¡TE HE BUSCADO POR **TODAS** PARTES!

Vaya. ¡Qué falso sonó! (Eso de actuar no ha sido nunca lo mío. El año pasado hice de Snoopy en *Eres un buen tipo, Charlie Brown* y me caí de la casa del perro.) Bueno, el caso es que Breckenridge no se lo traga.

¡ECHASTE A CORRER Y ME DEJASTE **SOLO**!

Vale. Mejor echar mano del plan B: la sinceridad. Puedo ser del todo sincero cuando es preciso.

—Tienes razón —le digo—. CREÍA que me apetecía jugar fútbol, pero no resultó tan divertido.

PREFIERO... ✲¡COF!✲... QUEDARME **CONTIGO**.

—Solo te quedas conmigo porque TIENES que hacerlo —resopla Breckenridge.

La cosa es seria: el Gran Kahuna me ha dejado muy claro que encauzara esta amistad (o lo que sea) de nuevo. Y deprisa.

—Esto... Escucha, Breckenridge —le digo, tratando de mejorar las cosas—. Siento haberme comportado como un idiota.

¿NO PODEMOS VOLVER A SER AMIGOS?

PUES...

VALE. AMIGOS.

Una oleada de alivio me recorre el cuerpo. ¿Lo ve, director? Crisis superada. Aparte de mí esa mirada iracunda.

—Aún nos queda un buen rato de recreo —le digo—.
¿Qué quieres hacer?

Breckenridge enseguida se anima.

Me paso los siguientes cuarenta y cinco minutos… examinando arbustos. Y, sí, es tan emocionante como parece.

Es el comienzo de una semana brutal. Breckenridge y yo somos inseparables. Vamos a las mismas clases.

Comemos juntos. Incluso se ha mudado a mi taquilla. Ni siquiera paso tanto tiempo con la gente que me CAE BIEN.

Persiste esa desagradable sensación de que lo conozco de antes…, pero a estas alturas estoy demasiado agotado para que eso me importe. Ser el guía y escolta de Breckenridge Puffington III está acabando conmigo.

Incluso mi padre lo ha notado.

—Pareces nervioso, hijo —me ha dicho cuando me he puesto el pijama—. ¿Todo va bien en la escuela?

—Sí, todo bien —me he limitado a responderle, para no dar pie a una de esas charlas padre-hijo tan insufribles—. Es solo que estoy cansado.

Cada noche, antes de dormirme, dibujo algún cómic. Y nadie —ni Breckenridge ni papá— me lo va a impedir. ¡ESTA HISTORIA TIENE QUE SER CONTADA!

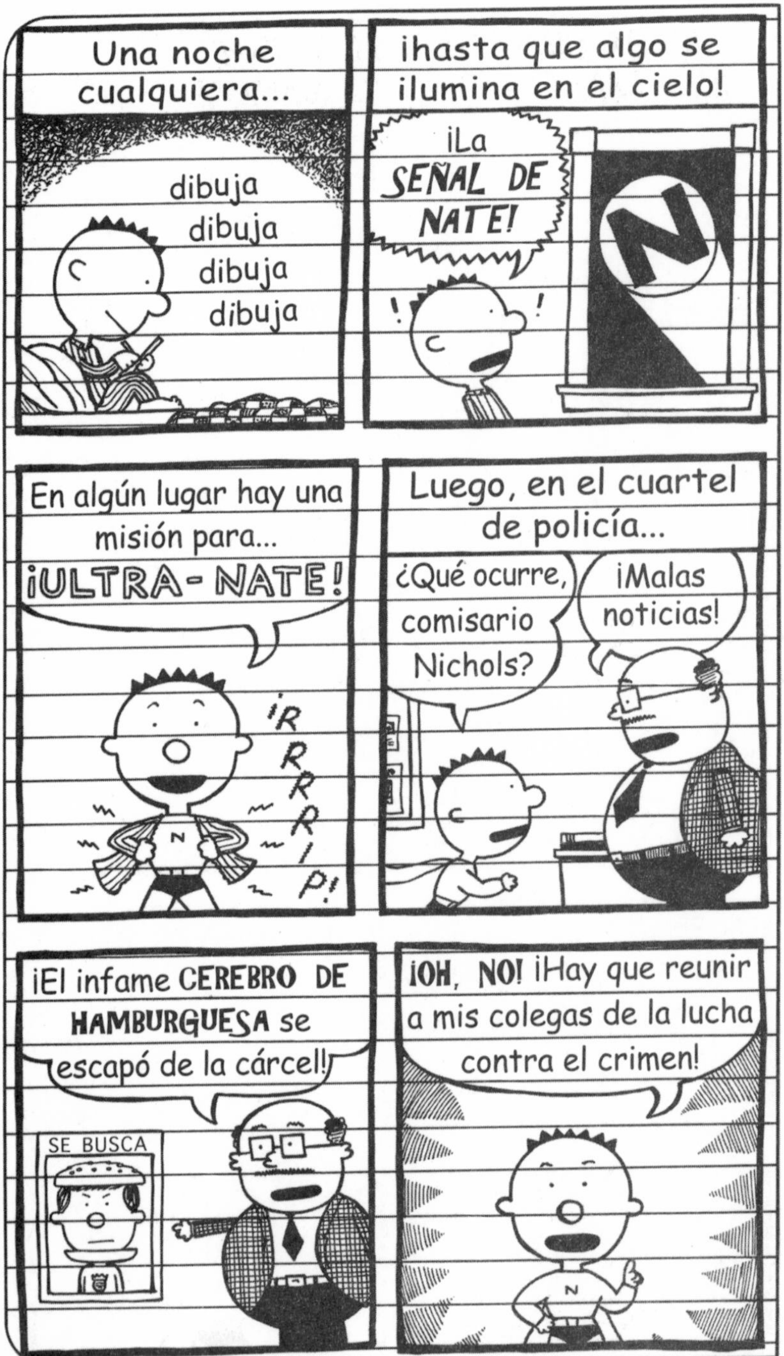
Una noche cualquiera...
dibuja
dibuja
dibuja
dibuja
¡hasta que algo se ilumina en el cielo!
¡La SEÑAL DE NATE!
!
!
N
En algún lugar hay una misión para...
¡ULTRA-NATE!
¡RRRRRIP!
N
Luego, en el cuartel de policía...
¿Qué ocurre, comisario Nichols?
¡Malas noticias!
¡El infame CEREBRO DE HAMBURGUESA se escapó de la cárcel!
SE BUSCA
¡OH, NO! ¡Hay que reunir a mis colegas de la lucha contra el crimen!
N

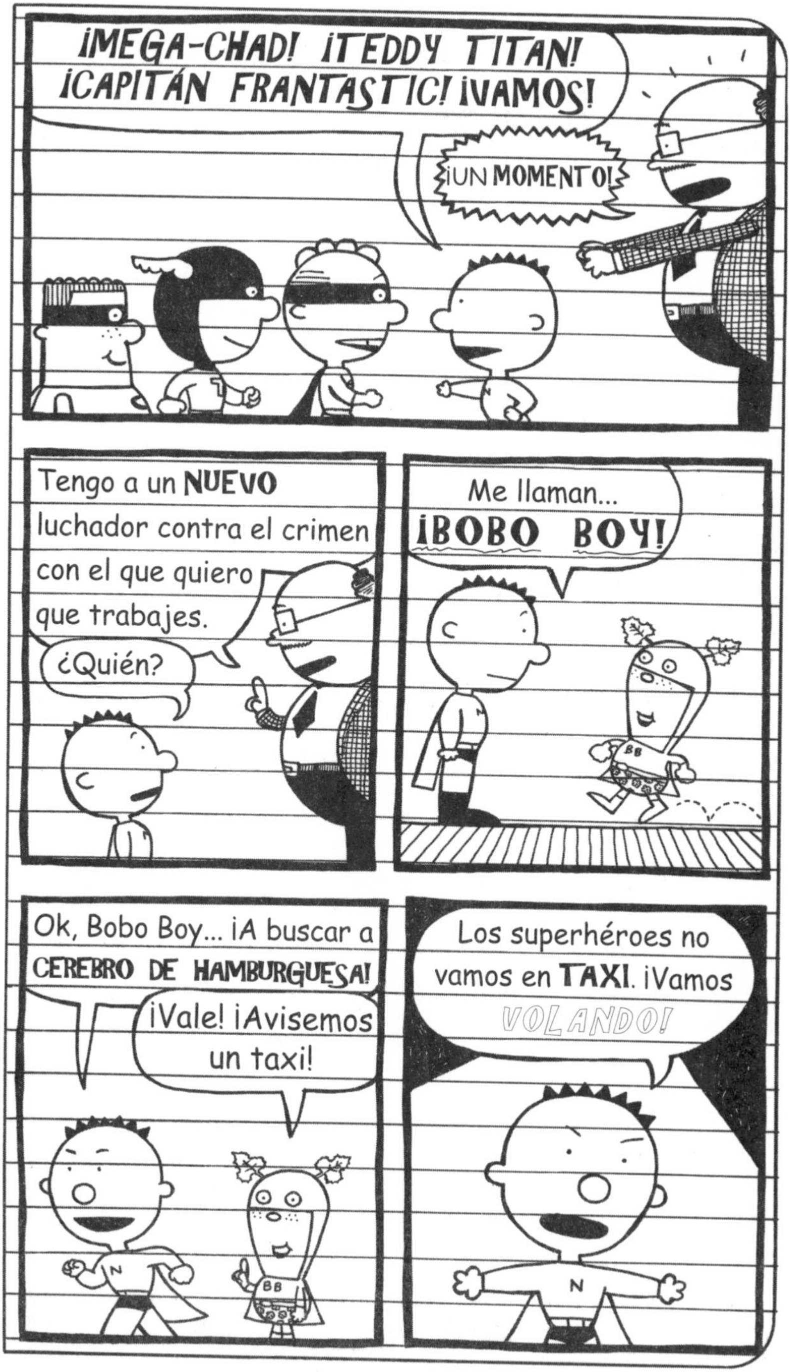
¡MEGA-CHAD! ¡TEDDY TITAN! ¡CAPITÁN FRANTASTIC! ¡VAMOS!
¡UN MOMENTO!
Tengo a un NUEVO luchador contra el crimen con el que quiero que trabajes.
¿Quién?
Me llaman... ¡BOBO BOY!
BB
Ok, Bobo Boy... ¡A buscar a CEREBRO DE HAMBURGUESA!
¡Vale! ¡Avisemos un taxi!
BB
Los superhéroes no vamos en TAXI. ¡Vamos VOLANDO!

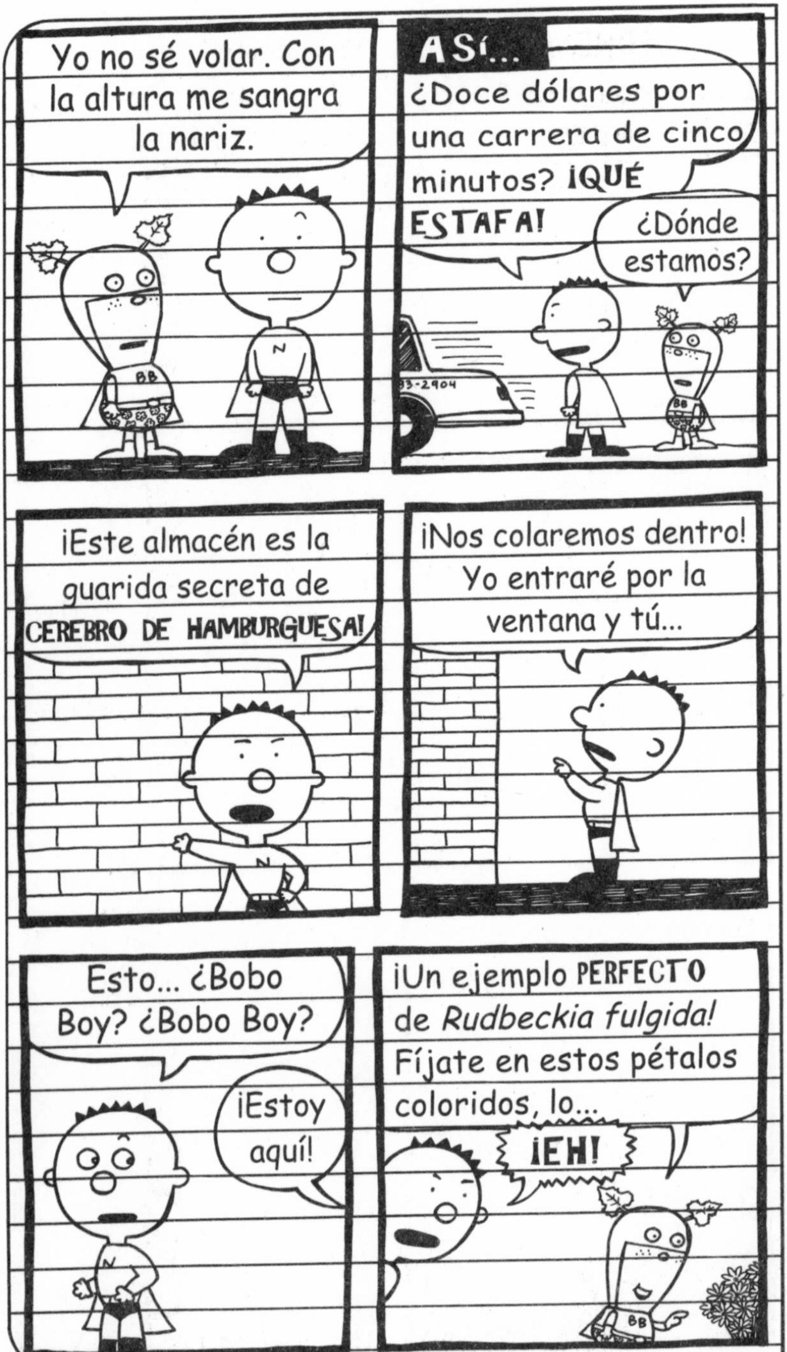
Yo no sé volar. Con la altura me sangra la nariz.
ASÍ...
¿Doce dólares por una carrera de cinco minutos? ¡QUÉ ESTAFA!
¿Dónde estamos?
33-2904
¡Este almacén es la guarida secreta de CEREBRO DE HAMBURGUESA!
¡Nos colaremos dentro! Yo entraré por la ventana y tú...
Esto... ¿Bobo Boy? ¿Bobo Boy?
¡Estoy aquí!
¡Un ejemplo PERFECTO de *Rudbeckia fulgida*! Fíjate en estos pétalos coloridos, lo...
¡EH!

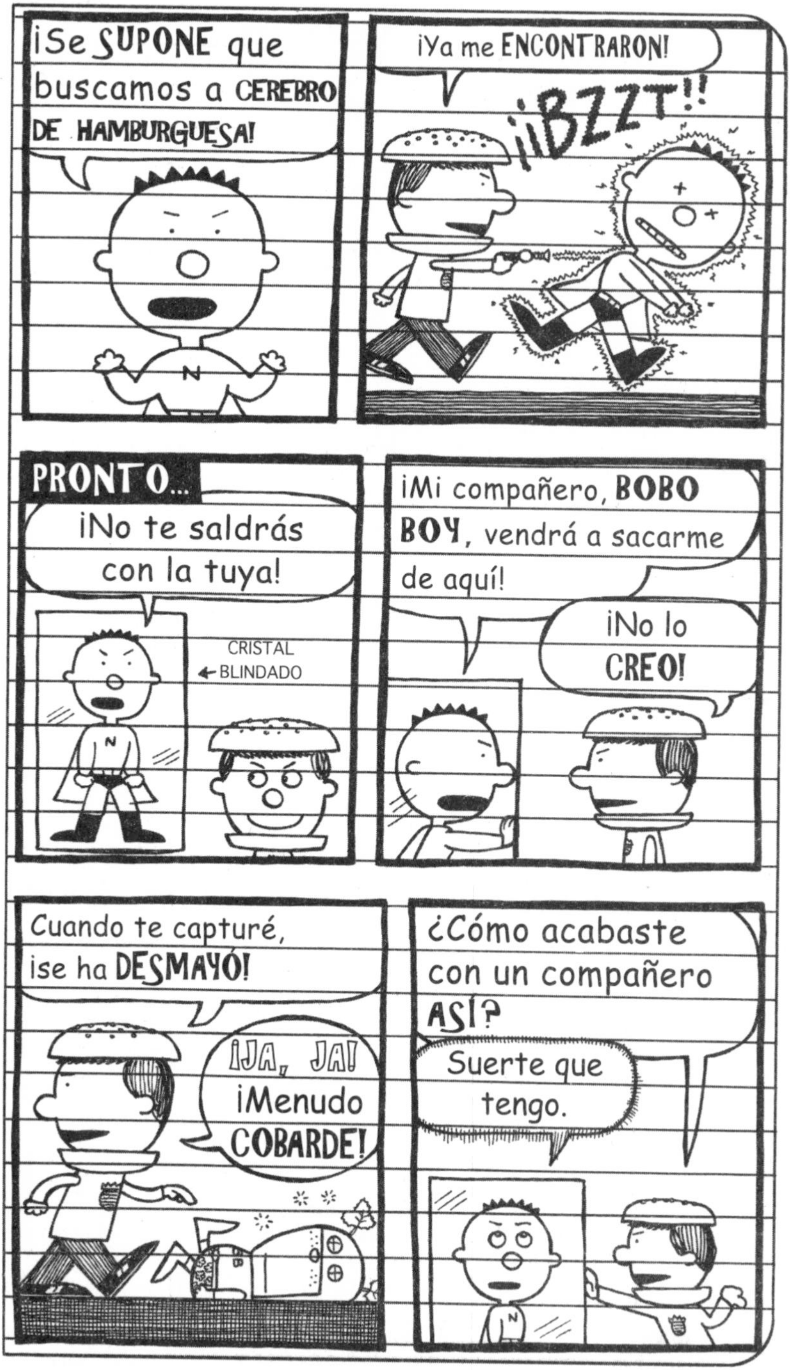
¡Se SUPONE que buscamos a CEREBRO DE HAMBURGUESA!
¡Ya me ENCONTRARON!
¡¡BZZT!!
PRONTO...
¡No te saldrás con la tuya!
CRISTAL BLINDADO
¡Mi compañero, BOBO BOY, vendrá a sacarme de aquí!
¡No lo CREO!
Cuando te capturé, ¡se ha DESMAYÓ!
¡JA, JA! ¡Menudo COBARDE!
¿Cómo acabaste con un compañero ASÍ?
Suerte que tengo.

—Las cortinas, Nate.

—¿Eh?

Dejo caer mi cuaderno al suelo y cierro los ojos. Probablemente papá tiene razón. Mañana será otro día más
con Breckenridge y necesito descansar todo lo que pueda.

—¿Así que aún no ha hecho otros amigos? —me pregunta Francis a la mañana siguiente camino de la escuela.

—Sí, porque el director Nichols me obliga —gruño. Francis se acaricia la barbilla y dice:

—Breckenridge es un chico peculiar. Quizá solo necesite conocer a alguien que también lo sea.

Se estarán preguntando por qué Dee Dee va vestida de payaso. Bueno, no pasaba desde hace al menos una semana. Debe de haber empezado a ponerse nerviosa.

—Bonito pastel llevas en la cabeza —le dice Teddy.

—¡Este es mi traje de fiesta! —aclara Dee Dee—. La señorita Shipulski me ha pedido que me encargara de anunciar la noticia sobre la celebración del aniversario de la escuela…

—¡Léanlo ustedes mismos! —dice mientras nos entrega a cada uno una hoja de un amarillo chillón.

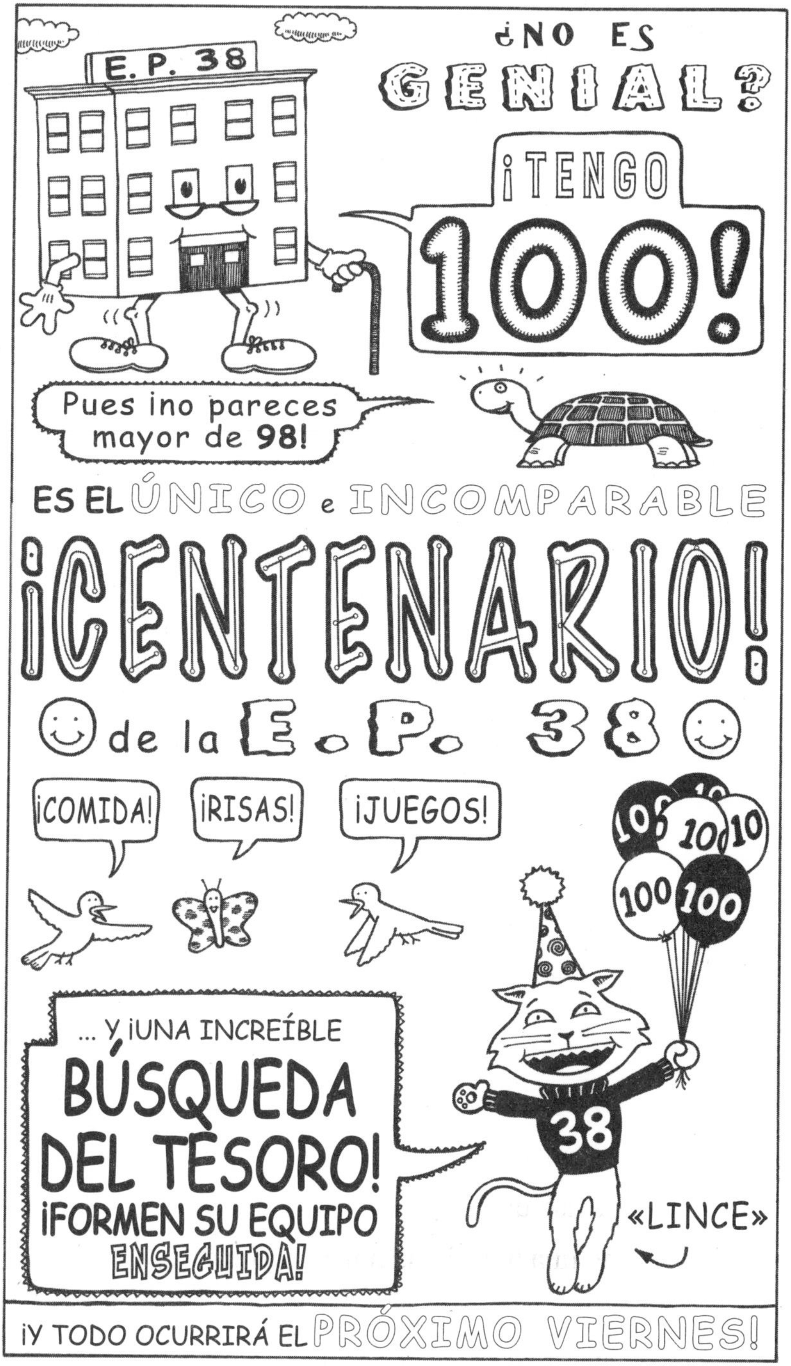
E. P. 38
¿NO ES GENIAL?
¡TENGO 100!
Pues ¡no pareces mayor de 98!
ES EL ÚNICO e INCOMPARABLE
¡CENTENARIO!
de la E. P. 38
¡COMIDA!
¡RISAS!
¡JUEGOS!
100
... y ¡UNA INCREÍBLE
BÚSQUEDA DEL TESORO!
¡FORMEN SU EQUIPO ENSEGUIDA!
38
«LINCE»
¡Y TODO OCURRIRÁ EL PRÓXIMO VIERNES!

Es evidente que lo ha dibujado ella. Siempre me ha gustado su estilo. En realidad, ella y Edna Birkdale podrían ser mis dos dibujantes de cómic preferidas.

—Según la señorita Shipulski, el límite es de cinco —responde Dee Dee.

—¡Es PERFECTO! —exclamo.

—Sí, cuando los Sabios de Francis derrotaron a los Genios de Gina! —recuerda Teddy sonriendo de oreja a oreja.

—¡Y la derrotaremos de nuevo en la búsqueda del tesoro —grito muy eufórico—. ¡El equipo de Gina no tendrá ninguna OPORTUNIDAD contra nosotros cinco!

Francis se aclara la garganta y corrige:

—Salvo que no somos cinco.

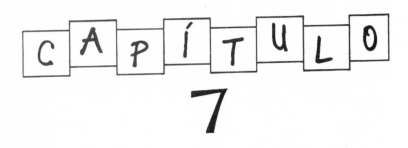

7

Llámenlo el Efecto Breckenridge. Cada vez que llega, todo el mundo desaparece. Muchísimas GRACIAS, chicos.

¡MIRA LO QUE ME ENCONTRÉ DE CAMINO A LA ESCUELA! *CETRARIA ISLANDICA*, TAMBIÉN CONOCIDA COMO **LIQUEN DE ISLANDIA**. ¡NO ACOSTUMBRA A CRECER EN ESTE CLIMA!

—Esto es... mmm... es...

¡Que alguien me ayude! ¿Otra palabra para decir «extremadamente poco interesante»?

—Y se puede comer —prosigue—. La mayoría no lo sabe.

ÑAM ÑAM ÑAM ÑAM ÑAM ÑAM

¿IERES?

NNNO, GRACIAS. YA... YA HE TOMADO LIQUEN PARA DESAYUNAR.

Claro, porque a la mayoría le IMPORTA UN RÁBANO.

—Coge, coge —me dice, mientras pedacitos de cosas verdes le salen disparados de la boca. ¿Soy yo o se parece a una ardilla en un bufé de ensaladas?

—¿Por qué Dodo va vestida así?

—Se llama Dee Dee.

Y ESTÁ REPARTIENDO **ESTO**.

Breckenridge escanea con la mirada el anuncio del centenario, arruga la nariz y dice:

—¡Qué estupidez!

¿QUÉ TIENE DE DIVERTIDO PERDER EL TIEMPO PERSIGUIENDO UN MONTÓN DE TRASTOS **INÚTILES?**

Recuerden: este es un niño cuya idea de diversión es recoger cortezas de árbol. Pero bueno. El caso es que si

Breckenridge no quiere participar en la búsqueda del tesoro, será todo MUCHO más divertido.

Genial. Ahora tengo DOS problemas. No solo no lo quiero en mi equipo, sino que ni siquiera hay SITIO para él. Pero ya me ocuparé de eso más tarde. Ahora mismo tengo a OTRA persona en mente:

Por un segundo, pienso en mentirle, pero entonces me acuerdo de lo culpable que me sentí la semana pasada después de dejarlo tirado para jugar al fútbol. Me imagino la cara que pondrá si se queda ahí solo, plantado en el pasillo…

Y además descubro al director Nichols espiándome desde el otro lado de la esquina. (Consejo útil: si quieres ser un espía, trata de NO tener una barriga del tamaño de un apartamento de diez habitaciones.)

Cuando entramos en la biblioteca, la reunión ya ha empezado. La señorita Hickson está repartiendo las fotocopias del diario de Edna.

—¡Vaya, Nate! ¿Reclutaste a un nuevo lector para el CLM? — exclama Hickey.

—Algo así — musito —. Quiero decir... Supongo.

Algunos de los niños ahogan una risita. El nombre de Breckenridge sigue sonándole a chiste a todo el mundo. Por millonésima vez, deseo que me hubiera tocado hacerle de guía a alguien con un nombre como Dios manda. Como Aitor Tilla. O Armando Guerra.

Empezamos a leer. Me salto las primeras páginas —me las leí cuando Hickey me las entregó hace unos días— y sigo adelante. Busco más cómics de Edna...

¡Y no tardo en encontrarlos!

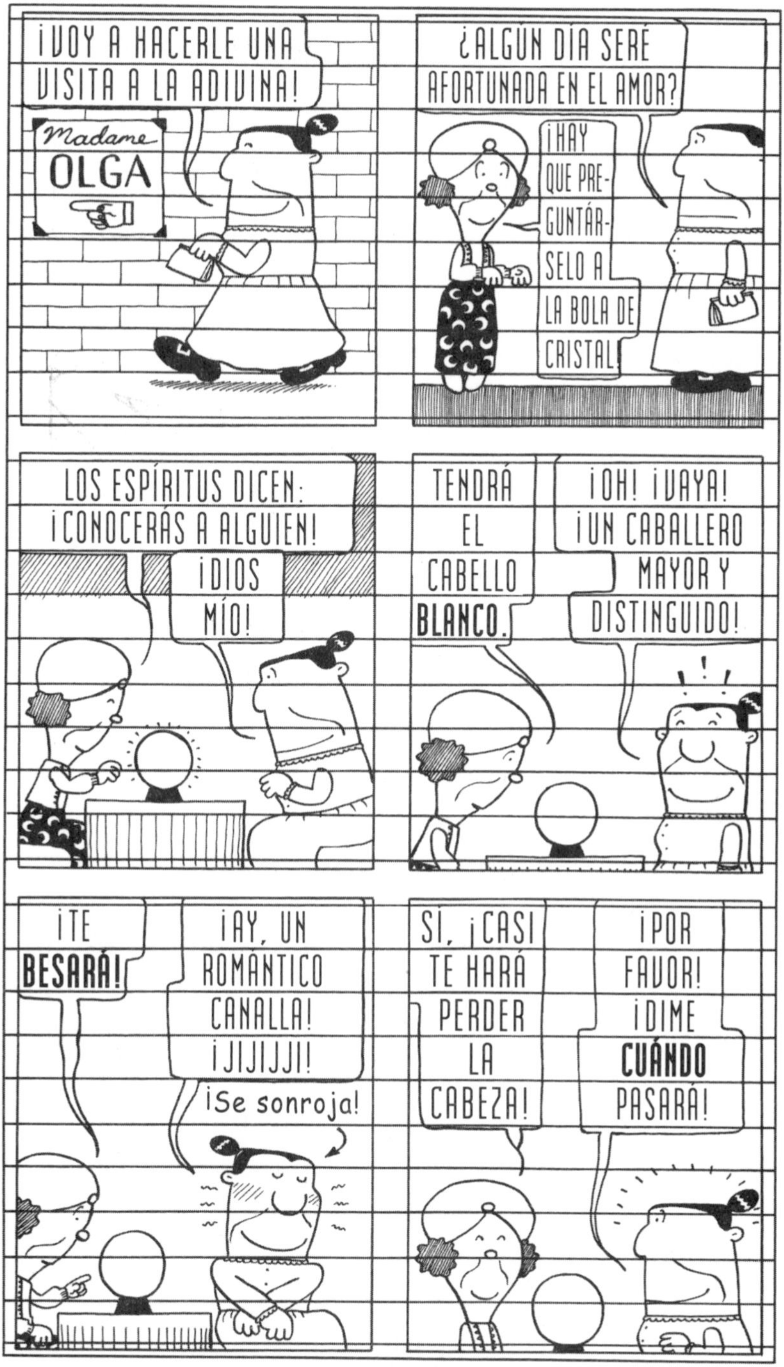
¡VOY A HACERLE UNA VISITA A LA ADIVINA!
Madame OLGA
¿ALGÚN DÍA SERÉ AFORTUNADA EN EL AMOR?
¡HAY QUE PREGUNTÁRSELO A LA BOLA DE CRISTAL!
LOS ESPÍRITUS DICEN: ¡CONOCERÁS A ALGUIEN!
¡DIOS MÍO!
TENDRÁ EL CABELLO **BLANCO**.
¡OH! ¡VAYA! ¡UN CABALLERO MAYOR Y DISTINGUIDO!
¡TE **BESARÁ**!
¡AY, UN ROMÁNTICO CANALLA! ¡JIJIJJI!
¡Se sonroja!
SÍ, ¡CASI TE HARÁ PERDER LA CABEZA!
¡POR FAVOR! ¡DIME **CUÁNDO** PASARÁ!

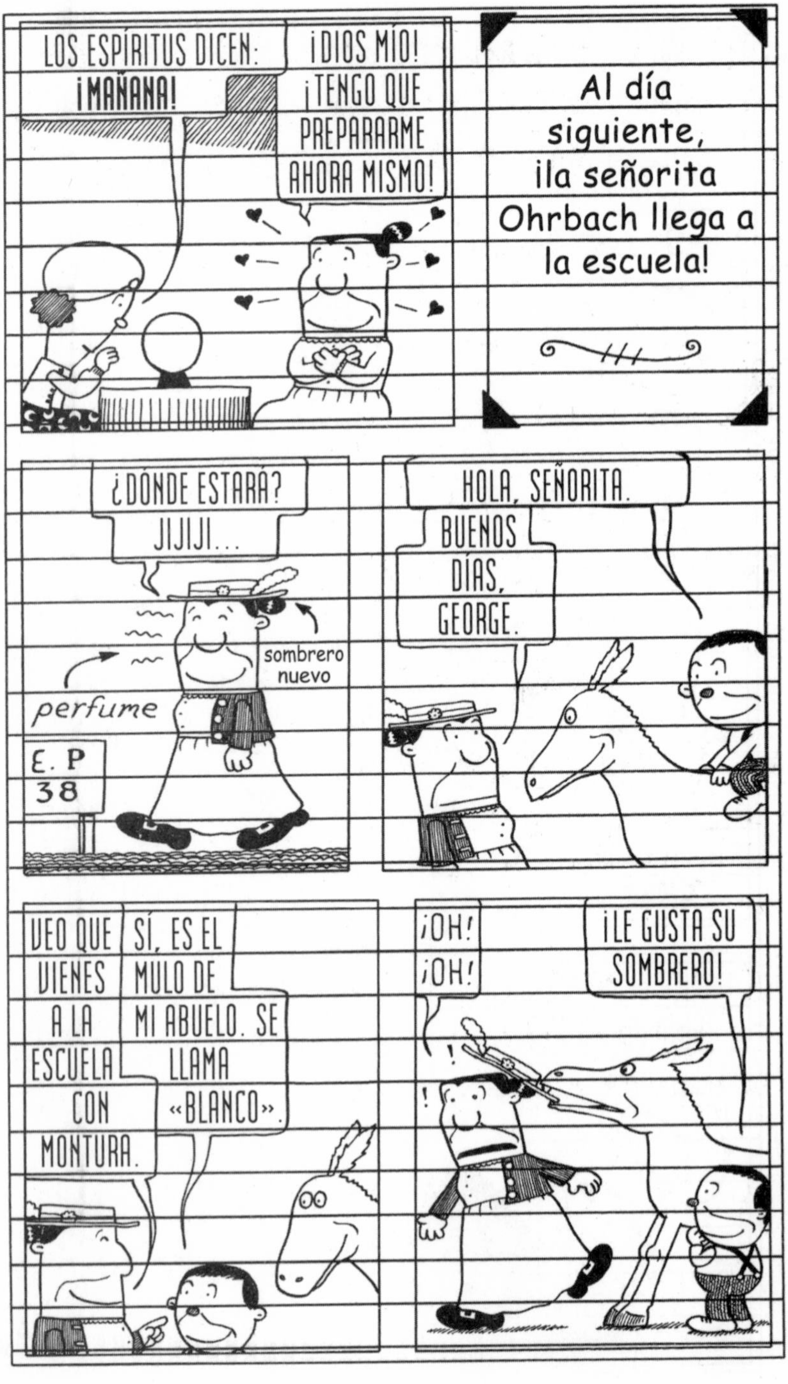
LOS ESPÍRITUS DICEN: ¡MAÑANA!
¡DIOS MÍO! ¡TENGO QUE PREPARARME AHORA MISMO!
Al día siguiente, ¡la señorita Ohrbach llega a la escuela!
¿DÓNDE ESTARÁ? JIJIJI...
sombrero nuevo
perfume
E. P 38
HOLA, SEÑORITA.
BUENOS DÍAS, GEORGE.
VEO QUE VIENES A LA ESCUELA CON MONTURA.
SÍ, ES EL MULO DE MI ABUELO. SE LLAMA «BLANCO».
¡OH! ¡OH!
¡LE GUSTA SU SOMBRERO!
!
!

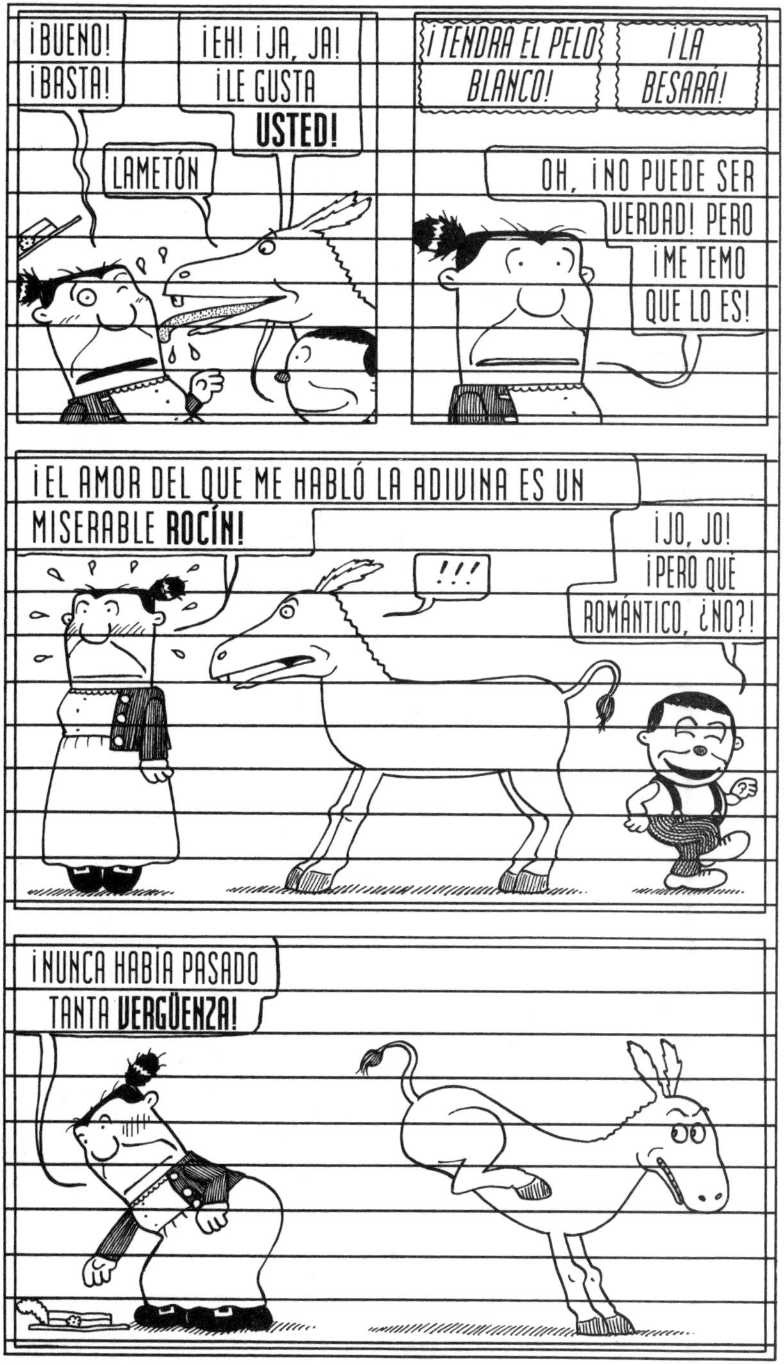
¡BUENO! ¡BASTA!
¡EH! ¡JA, JA! ¡LE GUSTA USTED!
LAMETÓN
¡TENDRÁ EL PELO BLANCO!
¡LA BESARÁ!
OH, ¡NO PUEDE SER VERDAD! PERO ¡ME TEMO QUE LO ES!
¡EL AMOR DEL QUE ME HABLÓ LA ADIVINA ES UN MISERABLE ROCÍN!
!!!
¡JO, JO! ¡PERO QUÉ ROMÁNTICO, ¿NO?!
¡NUNCA HABÍA PASADO TANTA VERGÜENZA!

Lectura, escritura, aritmética: ¡la señorita Ohrbach lo sabe todo! Pero se dejó engañar por completo por una bola de cristal. Esperaba conocer a un encantador caballero, pero, al llegar a la escuela, ¡no tardó en descubrir que su «príncipe soñado» era un MULO!

Guión y dibujos de Edna Birkdale

F I N

—¡Es INCREÍBLE! —dice Breckenridge en voz baja.

—Sí. Es genial, ¿verdad? —repongo, también entre susurros.

—¡Eh! ¡Se suponía que tenías que leer el DIARIO de Edna Birkdale! —le suelto en voz alta.

Hickey asoma la cabeza por encima de mi hombro.

—Breckenridge no estaba muy interesado en el diario, Nate...

Sí, ya me conozco ese rollo suyo y es exactamente eso: un rollo.

—Bien, sabemos que Edna asistió a la Escuela Pública 38 hace ya un siglo —empieza Hickey—, pero ¿qué MÁS nos dice su diario sobre la escuela de esos tiempos?

La señorita Cerebrito levanta la mano. ¡Menuda sorpresa!

—Solo había UN profesor para todo sexto —dice Gina—. ¡La señorita Ohrbach!

De repente, la idea de que la señorita Godfrey fuera nuestra única profesora me pasa por la cabeza. Y, en seguida, me entran ganas de vomitar.

—¡Muy bien, Gina! —repone Hickey—. ¿Qué más?

—Y parece que la escuela también tenía un ASPECTO muy distinto al de ahora —observa Francis—. Edna describe cosas que ya no tenemos.

¿Eh? Debo de haberme saltado esa parte.

—¿Qué mural? —pregunto en voz alta. Pero Gina monopoliza la conversación:

—Edna habla de él aquí —responde, disponiéndose a leer el diario.

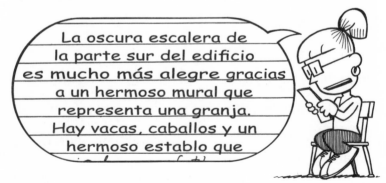

—He subido esos escalones millones de veces —murmura Teddy.

—No creo que las escaleras de las que habla Edna EXISTAN hoy en día —dice Hickey—. La escuela se ha remodelado y ampliado varias veces.

Qué pena. Si hay algún lugar que necesita un buen mural es ESTE antro. No es que no haya arte en la escuela, pero el que tenemos es para echarse a llorar.

«RETRATO DE UN TIPO CUALQUIERA»

Pasamos junto a esta pintura cada día, pero nadie sabe quién es. Parece o un profesor de ciencias loco o un asesino del hacha trastocado. O ambos.

«LA VITRINA DEL SEÑOR ROSA»

El artista de esta semana es Mary Ellen Popowski. Su estilo es el «expresionismo abstracto», un término artístico que significa: «No tengo ni idea de lo que hago».

«ORGULLO LINCE»

En el gimnasio, el entrenador John ha pintado un lince que parece un jerbo con un problema glandular. Dedícate a la educación física, hombre.

«GRAFITIS DEL BAÑO»

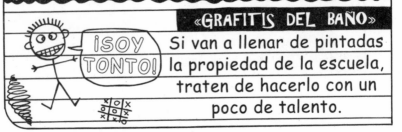

¡SOY TONTO!

Si van a llenar de pintadas la propiedad de la escuela, traten de hacerlo con un poco de talento.

—Aún nos quedan unos minutos antes de que tengan que volver a clase —nos dice Hickey—. ¿Alguna otra observación acerca del diario de Edna?

—¡Era una dibujante de cómic genial! —exclamo.

La señorita Hickson sonríe de oreja a oreja.

—¡Y estoy convencida de que Edna los leyó todos! Dime, Nate…

—Um… ninguna.

—¡Exacto! —exclamó Hickey batiendo las palmas—. ¡Eso demuestra lo excepcional que era Edna!

Suena el timbre. Hickey nos grita mientras salimos:

—¡Acábense de leer el diario antes de la próxima sesión!

—¡Vaya, Nate! —exclama Chad ya fuera de la biblioteca—. ¡Sabes muchísimo de cómics!

—Menuda tontería —dice Gina en tono burlón—. ¡Pasarnos toda la sesión hablando de unos estúpidos CÓMICS!

—¡Cállate, Gina! —le gruño.

—A ver si lo he entendido bien: ¿no le gustan los cómics? —dice Teddy, impávido.

—Debería ocuparse de sus asuntos —resopla Dee
Dee—. Si hay algo que te apasiona, ¿quiénes son los demás para CRITICARLO? ¿No sé si me entienden?

—Esto... sí —respondo.

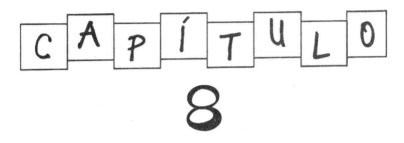

8

Madre mía. Esto parece uno de esos libros penosos de Lomo Prodigioso, en el que el personaje principal (yo) aprende una importante lección.

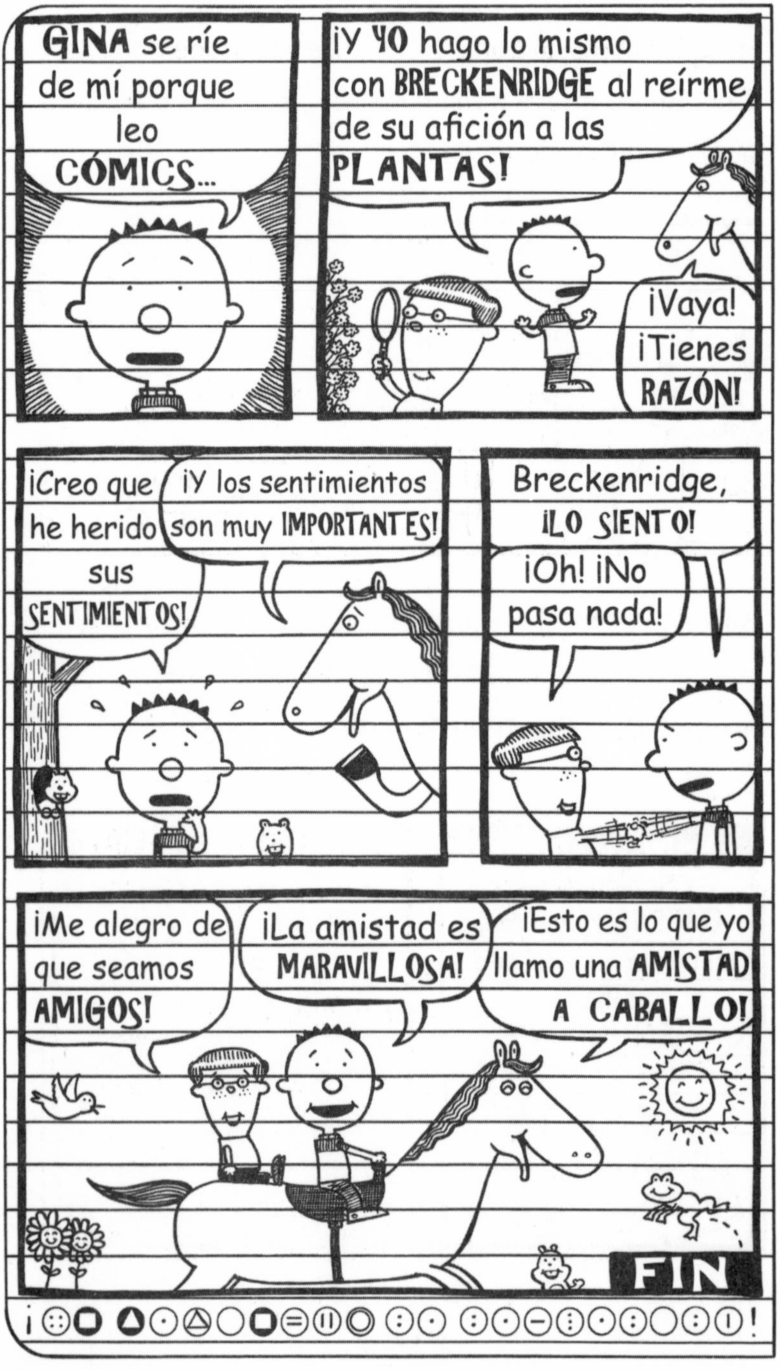
GINA se ríe de mí porque leo CÓMICS...
¡Y YO hago lo mismo con BRECKENRIDGE al reírme de su afición a las PLANTAS!
¡Vaya! ¡Tienes RAZÓN!
¡Creo que he herido sus SENTIMIENTOS!
¡Y los sentimientos son muy IMPORTANTES!
Breckenridge, ¡LO SIENTO!
¡Oh! ¡No pasa nada!
¡Me alegro de que seamos AMIGOS!
¡La amistad es MARAVILLOSA!
¡Esto es lo que yo llamo una AMISTAD A CABALLO!
FIN

Sí, sí, los libros de Lomo Prodigioso son así de horribles. Y no, Breckenridge y yo no vamos a galopar juntos hacia la puesta de sol algún día...

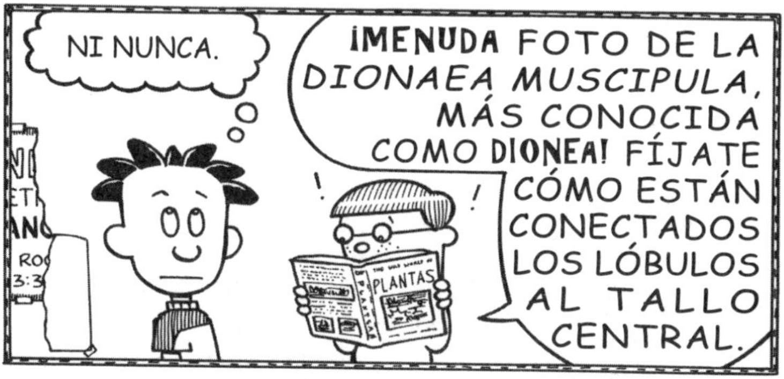

NI NUNCA.
¡MENUDA FOTO DE LA DIONAEA MUSCIPULA, MÁS CONOCIDA COMO DIONEA! FÍJATE CÓMO ESTÁN CONECTADOS LOS LÓBULOS AL TALLO CENTRAL.
PLANTAS

Pero tal vez no deba juzgarlo con tanta dureza. Puede que sea un poco rarito..., bueno, mucho..., pero ¿tan malo es eso? TODO EL MUNDO tiene sus rarezas.

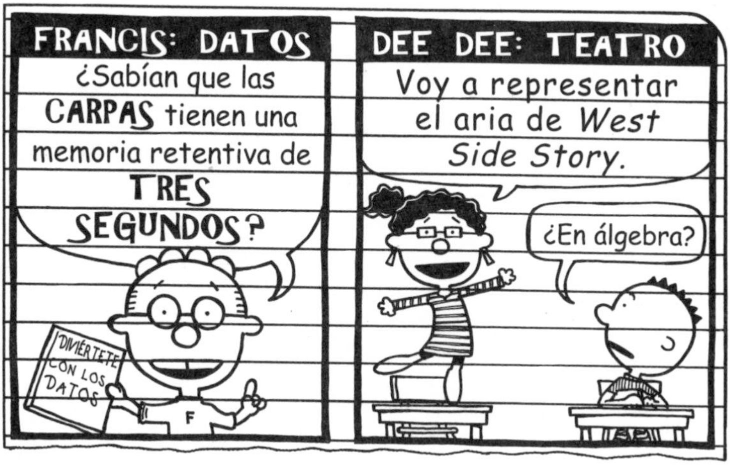

FRANCIS: DATOS
¿Sabían que las CARPAS tienen una memoria retentiva de TRES SEGUNDOS?
DIVIÉRTETE CON LOS DATOS
DEE DEE: TEATRO
Voy a representar el aria de *West Side Story*.
¿En álgebra?

¡Cómics! Eh, eso me recuerda...

He aquí un milagro: Breckenridge ha levantado la vista de su libro.

—¿Quiénes son los Garabatos? —pregunta.

Titubeo unos instantes. No es que sea una pregunta difícil. Solo trato de sopesar mis posibles respuestas:

No me decido por ninguna de las anteriores. Sí, le hago caso al Lomo Prodigioso que llevo dentro.

—Es que a mí no me gusta dibujar cómics —dice Breckenridge arrugando la nariz. (¿Por qué no me sorprende?)

—Pero ¡si es muy divertido! —exclama Chad—. ¡Aunque no sepas dibujar!

—¿Qué? ¡Tus dibujos son fantásticos! —asegura Teddy.

—Bueno —le digo a Breckenridge—, nos reunimos en el aula de arte, después de las clases.

—¡Por SUPUESTO que es bueno! —le respondo mientras entramos en clase.

Oh-oh. ¿Se acuerdan que dije que Aliento de Dragón había sido amable con Breckenridge porque era nuevo? Vale, pues creo que la luna de miel ha terminado.

Parece que el pobre chico va a ser Godfreyado.

La superficie del escritorio de Breckenridge está completamente cubierta —insisto, COMPLETAMENTE— con dibujos y grafitis. Apenas se ve la madera.

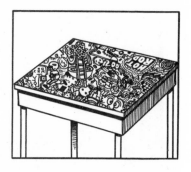

—Estoy muy decepcionada, Breckenridge —ruge la señorita Godfrey con los dientes apretados—. Escribir o dibujar en los muebles de la escuela ¡es una GRAVE violación de las Normas de Conducta de Clase!

Breckenridge no dice nada. Probablemente NO PUEDE. Cuando eres el objetivo de uno de los ataques de ira de la señorita Godfrey, lo primero que pierdes es la facultad del habla.

—Limpia ahora mismo esta mesa —le suelta—. ¡Y la quiero IMPOLUTA!

Me aclaro la garganta. Probablemente es una locura meter las narices, pero...

ESTO... ¿SEÑORITA GODFREY?

¿QUÉ?

BRECKENRIDGE NO DIBUJÓ EN LA MESA.

La Bestia entorna los ojos.

—Y ¿por qué dices eso, Nate?

—Porque lo único que sabe dibujar son plantas —aclaro—. Es así de rarito.

EH... NO TE OFENDAS.

La señorita Godfrey ladea la cabeza como un pitbull en alerta roja.

—Lo que es CURIOSO, Nate, es que tú sepas tanto acerca de estos DIBUJOS...

¡LO CUAL HACE PENSAR QUE HA SIDO COSA **TUYA!**

UN MOMENTO, ¿QUÉ? ¡YO NO HE DIBUJADO ESTO!

—Entonces ¿quién HA SIDO? —brama.

¿Me lo pregunta en serio? Cualquiera con dos dedos de frente vería la huella de Randy. La semana pasada trató de pillar a Breckenridge y ahora ha atacado de nuevo.

El gran tarado ha cambiado de táctica.

Pero no puedo demostrar nada y Randy lo sabe. Por eso se está carcajeando con su grupito de cabezas huecas; y yo me he unido al Club de los Sin-Lengua de Breckenridge.

—Tu silencio habla A GRITOS, Nate —me dice con desdén la señorita Godfrey: ya ha dado el tema por zanjado.

—¡No es justo! —me susurra Breckenridge mientras frotamos la superficie de la mesa. (Nota para Randy: gracias por usar rotuladores permanentes, tarado.)

—¿Qué tiene que ver esto con la justicia? —le siseo.

Las buenas noticias son que Queen Kong no nos ha entregado una hoja de castigo. Así que aún podremos ir a la reunión de los Garabatos. Sin embargo, cuando el timbre suena al final de la clase, Breckenridge no parece precisamente emocionado.

—No se me da bien dibujar superhéroes —protesta cuando entramos en el aula de arte.

—No dibujamos solo superhéroes —le digo—. ¡Dibujamos DE TODO!

—Una mujer llamada Abuela Peppers —responde el señor Rosa con una sonrisa—. Es una de mis artistas preferidas.

Todos nos acercamos para verlo mejor.

—No es que sea un especialista en crítica de arte —dice Teddy—. Pero ¡parece que lo pintó un NIÑO!

—Abuela Peppers era una artista sin estudios de arte —explica el señor Rosa.

¡ES PARTE DEL ENCANTO!

Breckenridge señala el póster y exclama:

—Bueno, ¡está claro que sabía de flores!

—Son bonitas —dice Dee Dee muy efusiva.

Sí, y muy ABURRIDAS. Bueno, ¿qué tal si damos por terminada la clase de botánica y nos sentamos a dibujar algún cómic para relajarnos?

—Un momento —dice Francis—. ¿No está su nombre grabado en una placa por el centro de la ciudad?

—¡Vaya! —exclama Chad—. ¿Así que es de por aquí y es famosa?

El señor Rosa asiente con la cabeza y responde:

—Sí a ambas cosas. ¡Es la persona más famosa que ha vivido en esta ciudad!

—¿Y qué pasó? —quiere saber Dee Dee.

—Bueno, después de que muriera, hace unos ochenta años, sus pinturas se hicieron cada vez más populares.

—¿Cuán populares? —pregunta Teddy.

¿¿¡¡DOS MILLONES DE DÓLARES!!?? Se impone un silencio de estupefacción... hasta que Chad exclama:

—¡Quiero ser un artista!

El señor Rosa sonríe.

—Bueno, quizás algún día. De momento, concentrémonos en ser dibujantes de cómic.

Es una sesión genial. Creo que Breckenridge se divierte, aunque todo lo que dibuja parecen algas marinas.

—Aún sigo pensando en esa pintora —dice Teddy mientras metemos nuestras cosas en la mochila, a punto de regresar a casa.

—¡Con eso podría comprar un montón de ganchitos de queso! —observo, asintiendo con la cabeza.

—Me pregunto por qué se haría llamar Abuela Peppers —dice Chad.

—A mí me gusta tu nombre, Breckenridge —anuncia Dee Dee—. ¡Suena muy NOBLE!

—Pero es como un trabalenguas —añado—. ¿No se te ha ocurrido nunca acortarlo? No sé, llamarte Breck, o Ridge, o simplemente B, o BP...

—Cuando era pequeño, mi abuela solía llamarme Bobby.

Puede que mis amigos sigan hablando…, pero yo no oigo nada. Mi cerebro se ha quedado atascado en la última palabra que ha salido de la boca de Breckenridge: «Bobby».

Desde que conozco a este chico, he tenido varias veces la sensación de que lo había visto antes. Pues bien: esa sensación ha vuelto. Solo que ahora es más que eso. Ahora es una certeza.

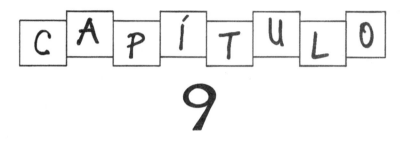

CAPÍTULO 9

El grupo sigue andando… excepto yo. Estoy paralizado.
Tengo la sensación de que mis zapatillas son como dos
rocas sujetas a mis pies.

Me quedo mudo.

Pues claro que estoy en estado de choque. Lo que acabo de recordar dejaría pasmado a CUALQUIERA.

Breckenridge abre unos ojos como platos. La boca de Teddy se descuelga como una trampilla. Y Dee Dee (lo crean o no) se queda sin habla.

Muy bien. Me parece bien que no digan nada. Yo tampoco tengo nada más que decir.

¡NATE! ¿QUÉ **PASA**?

¿POR QUÉ NO SE LO PREGUNTAN AL «**NUEVO**»?

¿Se han fijado en que he puesto ese «nuevo» entre comillas?

¡RESULTA QUE BRECKENRIDGE NO ES **TAN NUEVO!**

FLASHBACK ALUCINANTE

Bien, nuestro destino se remonta siete años atrás. Puede que no les parezca demasiado, pero siete años son dos tercios de toda mi vida.

¡TIP! ¡TIP! ¡TIP!

Ese soy yo a los cuatro años. Y, lo siento si suena un poco presuntuoso, pero, era mono, ¿VERDAD?

El caso es que tres días a la semana (ahora MATARÍA por tener ese programa) iba a una guardería llamada la Colmena de Miel. Lo recuerdo todo como una bruma, salvo algunas partes que no he podido olvidar:

Me gustaba la Colmena de Miel y me llevaba bien con los demás niños. La vida era agradable. Y entonces...

Momento para la típica música que indica que va a pasar algo malo. Bobby era enorme. Cuando todos nos alineamos para darle la mano, casi me arrancó el brazo de cuajo. La verdad es que me asustó.

Esa primera mañana, sin embargo, tampoco fue mal. Bobby se comportó como un niño cualquiera. Tal vez al fin y al cabo no hubiera nada de qué preocuparse.

Y entonces salimos al recreo.

Sí, en aquellos tiempos los adultos tampoco estaban cerca cuando los necesitabas. Supongo que los profesores tenían a muchos niños de los que ocuparse y no se fijaron en Bobby y en mí. Eso a Bobby le vino bien. ¿A mí? Pues no tanto.

A partir de entonces, me convertí en la piñata de Bobby. No es que me pegara, pero no me lo quitaba de encima.

Me metía arena dentro de los pantalones, hacía pis en mi vasito de bebé y se me acercaba a hurtadillas por detrás para gritarme al oído. Ya saben, cositas graciosas de ese estilo.

Y NUNCA lo PILLARON. Empecé a desear que lloviera para no tener que salir afuera a la hora del recreo.

Durante tres meses, Bobby fue un zurullo gigante en el estanque de mi vida.

Y, de repente, la pesadilla llegó a su fin.

Bobby se había acabado.

Y yo podía volver a vivir.

¿Lo entienden ahora?

Sí, el mismo. He necesitado un buen rato para asimilarlo. Quiero decir que era muy DIFERENTE entonces. En primer lugar, era gigantesco y, en segundo, no llevaba gafas. Y, en tercer lugar, no se pasaba el día estudiando las plantas…

—Genial. Supergenial —le suelto mientras subo a mi habitación—. Más divertido que un trampolín de ladrillos.

Oh, ¿ha sonado muy amargado? Bueno, esta semana me he dejado la piel tratando de ser amigo de Breckenridge y resulta que se trata del mismo niño que disfrutaba sentándose encima de mi cabeza hace unos años. Así que sí, estoy amargado.

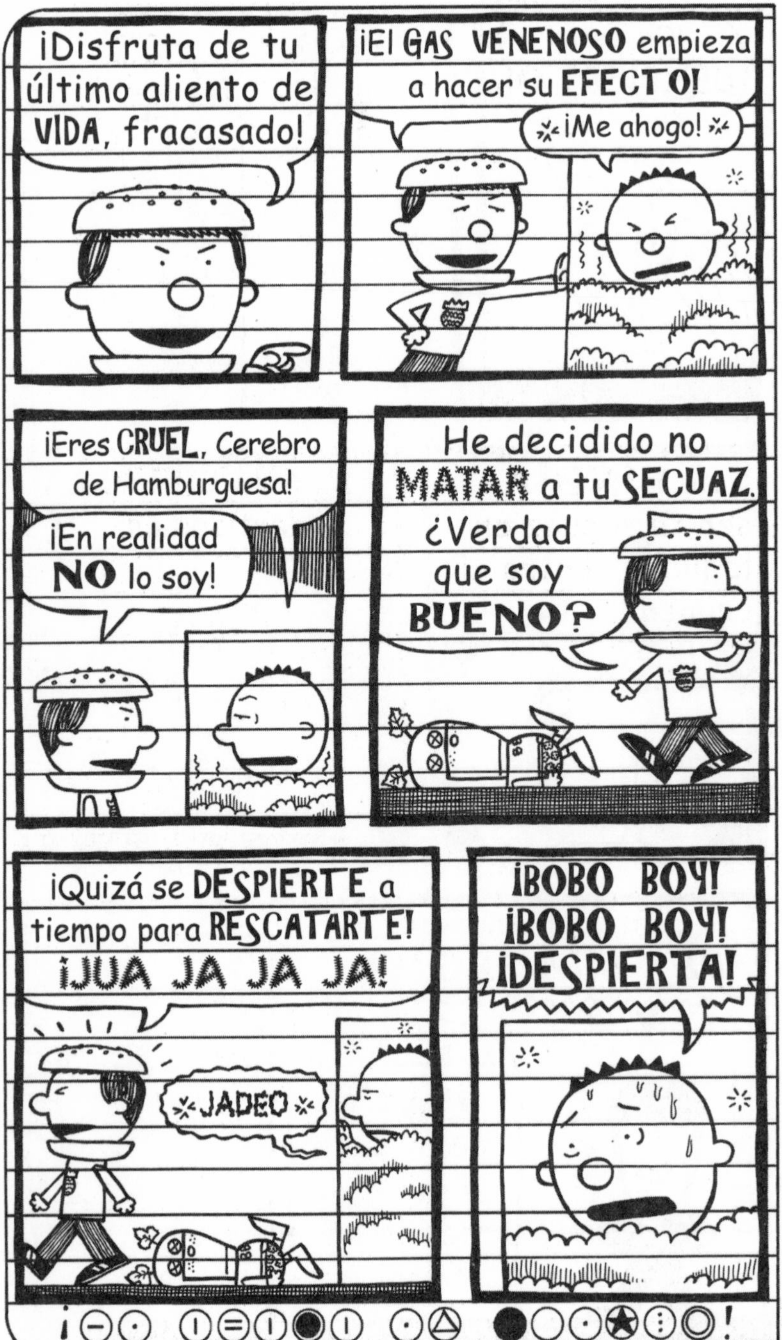
¡Disfruta de tu último aliento de VIDA, fracasado!
¡El GAS VENENOSO empieza a hacer su EFECTO!
¡Me ahogo!
¡Eres CRUEL, Cerebro de Hamburguesa!
¡En realidad NO lo soy!
He decidido no MATAR a tu SECUAZ. ¿Verdad que soy BUENO?
¡Quizá se DESPIERTE a tiempo para RESCATARTE! ¡JUA JA JA JA!
JADEO
¡BOBO BOY! ¡BOBO BOY! ¡DESPIERTA!

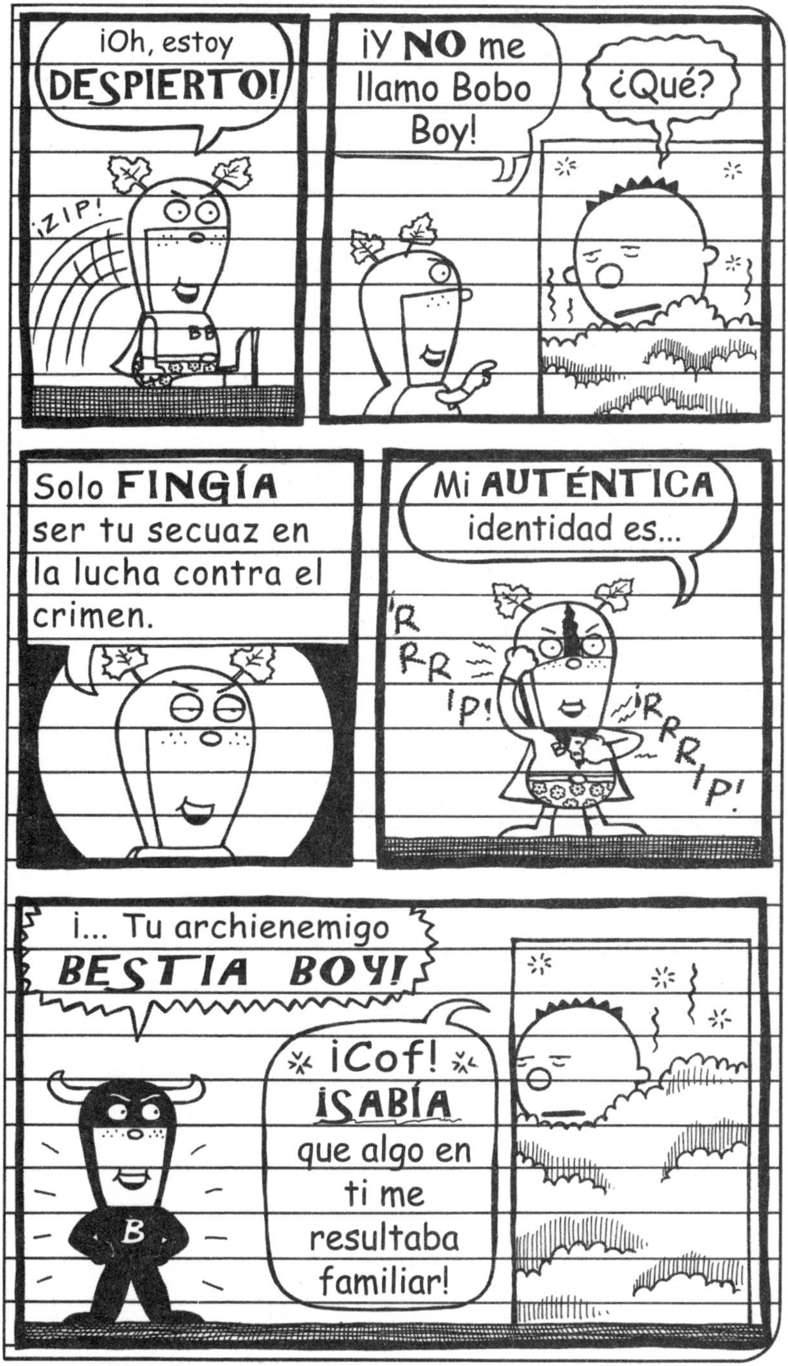
¡Oh, estoy
DESPIERTO!
¡ZIP!
BB
¡Y NO me llamo Bobo Boy!
¿Qué?
Solo FINGÍA ser tu secuaz en la lucha contra el crimen.
Mi AUTÉNTICA identidad es...
¡RRRIP!
¡RRRRIP!
¡... Tu archienemigo
BESTIA BOY!
B
¡Cof! ¡SABÍA que algo en ti me resultaba familiar!

Llaman a la puerta de mi habitación y papá asoma la cabeza.

—¿Nate? Alguien quiere verte.

—Ah... Vale —gruño—. Que pase.

—Habría venido antes, pero tenía que quitarme el disfraz de payaso —me dice.

¡Y AHORA DIME LO QUE ESTÁ PASANDO ENTRE TÚ Y
BRECKENRIDGE !

Debería haberlo visto venir. Aún tiene que inventarse el problema en el que Dee Dee no quiera meter las narices.

—No quiero hablar de ello —murmuro.

—Eso es ridículo —dice tan tranquila.

¡GUARDÁRTELO **DENTRO NO ES BUENO!** ¡TIENES QUE SACARLO **FUERA!**

BUENO...

Supongo que tal vez hable de ello después de todo. Antes de que me dé cuenta, ya le estoy contando a Dee Dee toda la historia sobre la vida secreta de Breckenridge como Bobby y el Terror de la Colmena de Miel.

PERO ¿POR QUÉ ESTÁS TAN ENFADADO CON BRECKENRIDGE?

—¿Es que no me ESCUCHASTE? —le digo, casi gritando—. ¡Era un abusador! ¡Me lo hizo pasar FATAL!

—Sí —admite Dee Dee—, cuando tenía cuatro años.

¿Y **ESO** QUÉ TIENE QUE VER?

No me contesta. En lugar de eso, me dice:

—Francis y tú se conocieron en kindergarten, ¿verdad?

—Esto… sí. ¿Y?

—Y ¿acaso no solías pegarle con la lonchera, robarle las gafas… y cosas por el estilo?

Empiezan a arderme las mejillas.

—Pero no iba en SERIO. Era solo..., ya sabes..., para hacer el tonto.

—Entonces ¿por qué castigas a Breckenridge por el modo en que te trató A TI? —me insta Dee Dee.

La pregunta se queda flotando en el aire un rato... Un buen rato. Hemos entrado en el territorio del «silencio incómodo». ¿Alguien quiere intervenir? Porque yo no sé qué decir.

Lo único que se me ocurre es encogerme de hombros.

—No tengo ni idea de lo que recuerda él. Bueno, un día se lo pregunté...

—¡Pues pregúntaselo OTRA VEZ! —exclama Dee Dee.

—Um... Sí. Supongo que podría hacerlo mañana.

Ella me sonríe de oreja a oreja.

—¿Por qué esperar a mañana?

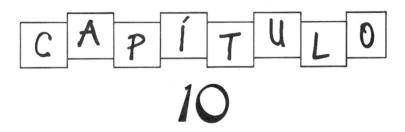

10

Breckenridge entra poco a poco en mi habitación, como una especie de hongo reptante. Lo fulmino con la mirada.

—¿Así que ahora te dedicas a ESPIARME?

—Nate —tartamudea Breckenridge —. Si me porté mal contigo en el pasado... Bueno, lo siento. Pero ¡es que apenas me acuerdo de haber VIVIDO aquí!

¡Y TE **ASEGURO** QUE NO RECUERDO HABERTE **MALTRATADO!**

No, claaaro que no.

—¿Cómo se puede olvidar algo así? —resoplo.

—Bueno... TÚ ni siquiera te acordabas hace apenas una hora —me recuerda Dee Dee. Tiene razón. No lo soporto.

—Si no te caigo bien, Nate, eso es cosa tuya —me dice Breckenridge con un hilo de voz. Parece estar a punto de echarse a llorar. Genial. Ahora me siento culpable.

PERO ¡NO DECIDAS BASÁNDOTE EN ALGO QUE OCURRIÓ CUANDO ÉRAMOS **BEBÉS!**

—No... No es que no me caigas bien —trato de explicarle—. Es solo que no creo que tengamos demasiado en común.

Dee Dee se planta entre los dos.

—¡No TIENEN que gustarles las mismas cosas para ser amigos! ¡Fíjate en nosotros dos, Nate!

Si van llevando la cuenta desde casa, verán que Dee Dee ya se ha ganado DOS puntos. Está empezando a irritarme... lo cual le da la razón, ¿no? Incluso cuando me saca de mis casillas, sigo siendo fan de Dee Dee. Creo que espera que Breckenridge y yo nos demos uno de esos abrazos melosos de «te lo perdono todo». Pues lo siento. Eso no va a pasar. Así que me limito a tenderle la mano.

—No tienes por qué —me dice—. ¿Qué tal si somos solo amigos?

—Vale —le respondo. Trato de parecer tranquilo, pero por dentro estoy dando volteretas de alegría. Ser el guía-escolta de Breckenridge era un peso muy grande. Resultará mucho más llevadero ser su amigo. Puedo ser amigo de CUALQUIERA...

Dee Dee y yo lo contemplamos desde la ventana, mientras camina por la acera y se detiene para examinar cada hoja de césped que se encuentra en el camino.

—Me alegro de que superara esa fase —confiesa Dee Dee—. Ya hay bastantes abusones en nuestra escuela.

—Como Randy —gruño—. Menudo idiota.

—Al parecer GINA no piensa que lo sea tanto —me dice—. Está en su equipo para la caza del tesoro.

¡LA BÚSQUEDA DEL TESORO! ESO ME RECUERDA...

—No creo que eso vaya a ser un problema —opina Dee Dee—. El director Nichols quiere que Breckenridge y tú sean amigos, ¿no? Pues seguro que accederá.

Tiene razón (otra vez). Al día siguiente, cuando le pregunto, el Grandullón se convierte en el señor Sonrisas.

—Oh, pues no sé qué decirte, Gina —le respondo—. Mi cerebro parecía funcionar bien...

... DURANTE EL... ✳ ¡EJEM...! ✳ **¡GRAN CONCURSO!**

Su sonrisa desaparece como sopa por un tenedor. ESO la ha impresionado.

—Tuviste suerte —sisea.

Asiento con la cabeza y añado:

—MUCHA suerte...

—Entonces prepárate para llevarte una desilusión —gruñe Gina con los dientes apretados.

Lo que tú digas. No quiero perder más tiempo escuchando a Gina hablando de mi trasero. Solo quiero que llegue el gran día.

Y, al cabo de una semana, llega.

—¿Para qué? —le suelta Teddy riéndose al ver el traje de Dee Dee—. ¿Para una convención de *La casa de la pradera*?

—Voy vestida como las niñas de hace un siglo, tonto —responde.

—Creo que se llaman «bombachos», Chad —se ríe Francis.

—Dan un poco de calor —admite Dee Dee.

—Prueba SIN ropa interior —sugiere Chad.

Al entrar en la cafetería, pasamos por debajo de una pancarta en la que se lee: «¡FELIZ CUMPLEAÑOS, E. P. 38!». Dentro, está la fiesta. Hay globos, serpentinas, campanas, silbatos... de todo. El lugar parece...

—... pero no pueden ocultar el hecho de que la escuela sea una ruina total.

—Hay una expresión para eso —apunta Francis—. Vestir a la mona de seda.

Bonita combinación: el entrenador John y un megáfono. Como si no bastara con su voz al natural.

—¡TODOS LOS EQUIPOS QUE PARTICIPAN EN LA BÚSQUEDA DEL TESORO QUE SE PRESENTEN EN EL ESCENARIO AHORA MISMO! —brama.

Nos encaminamos hacia allí, junto con la mayoría de los alumnos de sexto. Mientras nos apiñamos alrededor del director Nichols, le echo un vistazo a la competencia. A mi modo de ver, hay cinco equipos que podrían ganar:

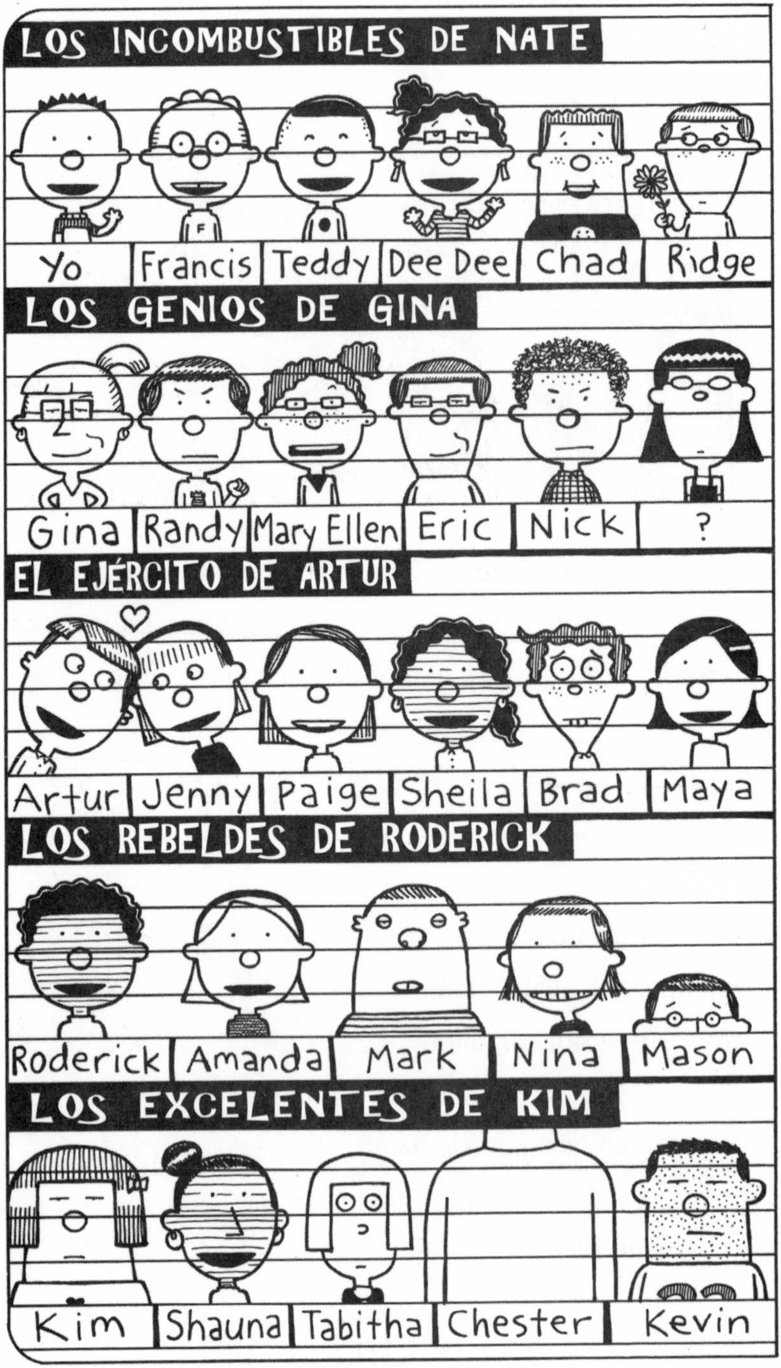

LOS INCOMBUSTIBLES DE NATE
Yo
Francis
Teddy
Dee Dee
Chad
Ridge
LOS GENIOS DE GINA
Gina
Randy
Mary Ellen
Eric
Nick
?
EL EJÉRCITO DE ARTUR
Artur
Jenny
Paige
Sheila
Brad
Maya
LOS REBELDES DE RODERICK
Roderick
Amanda
Mark
Nina
Mason
LOS EXCELENTES DE KIM
Kim
Shauna
Tabitha
Chester
Kevin

—Todos buscaran la misma docena de cosas —nos dice el director Nichols.

—Cuando localicen uno de los objetos, encontrarán una lista en el mismo lugar —prosigue—. Marquen con una cruz la casilla junto al nombre de su equipo.

—¿Habrá premio para el equipo que acabe primero? —pregunta alguien.

—¡Por supuesto que lo habrá! —asiente el director.

—¿Es un BUEN premio?

—¡Oh, sí! —exclama, guiñando el ojo—. Solo puedo decirles que EL LÍMITE ES EL CIELO.

—¿Y ustedes sí? —replico con tono burlón—. ¡Tienen a RANDY en su equipo!

¡Ups! Nota: antes de decir nada sobre Randy, asegúrate de no tenerlo detrás.

Randy me da la vuelta: ahora lo tengo justo de-

lante. Está bastante enojado. Y necesitaría urgentemente
un caramelo de menta.

Sí, eso lo resume bastante bien. ¿Hemos terminado ya?

—Lo siento, no te estaba escuchando —le digo, levan-
tando la voz—. Estaba demasiado ocupado tratando de
comprender cómo alguien como TÚ ha acabado en un
equipo llamado los GENIOS.

El director Nichols me ha dedicado su mirada diabólica.

—Estamos listos para empezar… Si te parece bien, Nate.

—Esto… sí —mascullo, con las mejillas más calientes que el asfalto en agosto.

Le echa un último vistazo a su reloj.

—Muy bien, pues. ¡Buena suerte a todo el mundo! La búsqueda del tesoro del centenario de la escuela pública 38 empieza…

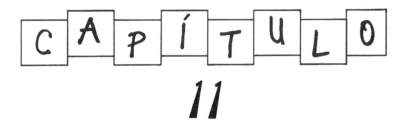

CAPÍTULO
11

—¿Adónde vamos primero? —pregunta Dee Dee mientras salimos a toda prisa de la cafetería.

Nos paramos en seco.

—Ni siquiera sé lo que ES —gruñe Chad.

De repente caigo en la cuenta de lo que quiere enseñar-
nos Francis.

—¡Es VERDAD! —exclamo—. ¡Aparece en uno de sus
cómics!

¡AQUÍ!

Después de aritmética,
hemos tenido caligrafía.
Y ¡nunca adivinarían lo que
ha pasado!

El sinvergüenza de
Walter Leddy se
ha fijado en la
larga y hermosa
trenza de
Martha...

IDEA

—¿Lo ves? —dice Francis, señalando el dibujo de Edna—. ¡Los escritorios de antes tenían un agujero en el que se colocaba el tintero!

—Síganme —nos insta Breckenridge y, como una dimi-
nuta paloma mensajera, se
dirige resuelto hacia...

—Um... Siento decepcio-
narte, Ridge, pero ninguna
de estas mesas tiene aguje-
ros —observa Teddy, tam-
borileando los dedos.

—Por allí. —Breckenridge nos guía hacia una mesita en
un rincón, con un montón de libros y cajas encima. Además de...

—Muy interesante. —Teddy pone los ojos en blanco.

—Me fijé en ella el mismo día en que llegué —explica
Breckenridge—, porque parece que crezca directamen-
te de la madera, pero ¡no es así!

—Y ¡MIREN! —añade Dee Dee al localizar una hoja de papel colgada en la pared.

—¡Ja! —grazna Teddy, repasando la columna de las casillas sin marcar—. ¡Hemos sido los primeros en llegar!

—Porque el escritorio era el primer objeto de nuestra lista —nos recuerda Francis—. ¡Que estemos aquí antes que los demás equipos no significa que vayamos a la cabeza!

Genial. Cinco minutos en el juego y ya vamos perdiendo. Me encantaría decirle a Gina que cerrara el pico, pero no tenemos tiempo. Los seis nos volvemos y cruzamos la puerta a toda prisa.

—¿Cuál es el siguiente, Nate? —pregunta Chad sin aliento, mientras corremos pasillo abajo.

—¡Ah! ¡Eso es fácil! —digo—. Está colgada detrás de la mesa de la señorita Czerwicki, en la sala de castigo.

—¿Estás seguro? —pregunta Breckenridge.

—Para que lo sepas, listillo —lo fulmino con la mirada—, ¡puede que mi EXPERIENCIA en esa área nos dé VENTAJA! —Me acerco a la fotografía y añado—: Seguro que Gina no sabe que esta foto está aquí. A ella NUNCA la castigan.

Nos pasamos las siguientes dos horas corriendo de un extremo al otro del edificio. Es como las carreras que nos obliga a hacer el entrenador John, pero sin las desagradables arcadas.

El **OBJETO** número **CUATRO** es un mapa de los Estados Unidos de cuando el país solo tenía cuarenta y cinco estados. Lo encontramos en la sala de música, escondido detrás de la tuba.

Localizamos el **OBJETO** número **SIETE**, una lupa antigua, sin siquiera despertar al señor Galvin.

Y, después de marcar en la lista el **OBJETO** número **ONCE**, un trofeo centenario de un concurso de ortografía que estaba en lo alto de una de las estanterías de la sala de informática, ya solo nos queda una cosa por encontrar.

Objeto n.º 12: Encuentren algo que haga de la escuela un lugar mejor. A continuación, lleven el objeto en cuestión al director Nichols, en la cafetería.

—Um... ¿A qué se refiere?

ESPERO QUE PODAMOS ENCONTRAR ALGO ANTES QUE...

¿ANTES QUE **NOSOTROS?** **LO SIENTO**, CABEZASHUECAS DE NATE, PERO ¡NOSOTROS HEMOS SIDO MÁS RÁPIDOS! ¡Y VAMOS **PRIMERO!**

¡NO PUEDES APROPIARTE DE TODO EL **ALMACÉN**, GINA!

¡**NOSOTROS** PODEMOS BUSCAR POR **AQUÍ!** ¡VAMOS, EQUIPO! ¡VAMOS ALLÁ!

No hay rastro de los demás equipos; la victoria está entre nosotros y los Monos de Gina (ay, lo siento, los GENIOS). Si encontramos el duodécimo objeto antes que ellos, ganaremos la búsqueda del tesoro. Pero necesitaremos un poco de suerte.

O más bien MUCHA. ¿Cómo encuentras algo cuando ni siquiera sabes lo que estás buscando?

Esta sala es como un vertedero, lleno de pedazos de madera, piezas de fontanería y libros mohosos.

Cuesta imaginar que algo de esto pueda hacer de la escuela un lugar mejor. Y entonces...

Breckenridge señala con entusiasmo la pared que tiene detrás, medio oculta por una altísima estantería de metal.

Oh, Dios. Otra vez con la historia de las flores.

—Breckenridge, se supone que debemos encontrar algo que convierta a la escuela en un lugar mejor —le recuerda Teddy, algo frustrado.

—¡No es un grafiti! —replica Breckenridge—. ¡Forma parte de una pintura mayor! Hay mucho más que eso.

—¿Una pintura mayor? —repito—. Quieres decir como…

Francis niega con la cabeza.

—No puede ser. Hickey dijo que el mural había sido destruido.

—Y estaba en las ESCALERAS, no en el almacén.

—¡Hickey solo SUPONÍA que el mural había desaparecido! —les recuerdo.

—Aunque FUERA el mismo sobre el que escribió Edna —dice Teddy—, ¿en qué ayudaría eso a la escuela? Quiero decir, ¿qué tiene de valor un viejo mural?

—¿La pintora del millón de dólares? —suelta Chad.

—Vamos, vamos. No corras tanto, Breckenridge —le digo—. Estoy de acuerdo en que esto es un mural, pero... quiero decir... ¿cómo iba a ser de la Abuela Peppers? ¡Era muy FAMOSA!

Oímos ruido a nuestras espaldas. Al volverme, veo a los Genios saliendo a hurtadillas de la habitación. Y... oh-oh... se llevan una especie de caja.

—¡Hasta la vista, Inútiles! —se ríe Gina mientras desaparecen por la puerta—. ¡Nos vemos en la meta!

—¡Arj! —gruñe Francis—. Mientras nosotros perdíamos el tiempo, ¡el equipo de Gina ha encontrado su objeto número doce!

—¡Y nosotros hemos encontrado el NUESTRO! —insiste Breckenridge—. ¡Esta pared la pintó la Abuela Peppers!

Vaya. El niño que me trataba como un saco de boxeo —y que tal vez sea nuestra única posibilidad de ganar la búsqueda del tesoro— me pide que confíe en él. La situación no puede ser más rara.

Inspiro profundamente. Y decido lo que hacer. A mi modo de ver, no tengo opción.

—¿Adónde vas? —me pregunta Dee Dee.

Sí, me llevan ventaja…, pero cargado con ese cacharro, el equipo de Gina solo puede caminar hacia la cafetería. Yo, en cambio, correré como si tuviera el trasero en llamas.

Alcanzamos al director Nichols exactamente al mismo tiempo.

—¿NOSOTROS? —resopla Gina—. ¿Quiénes son «nosotros»? El resto de los Inútiles de Nate ni siquiera está AQUÍ.

—Basta con que esté presente un miembro del equipo —dice el director Nichols con tranquilidad. ¡Bravo, amigo! La has hecho callar.

—Empecemos con los Genios de Gina —prosigue.

Randy le da la vuelta a la especie de caja y, por primera vez, veo de qué se trata.

¡UN **BUZÓN DE SUGERENCIAS!**

LOS ESTUDIANTES ESCRIBEN SUS IDEAS PARA MEJORAR LA ESCUELA Y LAS INTRODUCEN POR LA RENDIJA. LUEGO LOS PROFESORES DECIDEN CUÁL ES LA MEJOR.

—Si las sugerencias de los alumnos son buenas, ¡seguro que convertirán la escuela en un lugar mejor!

(Eh, Gina, he AQUÍ una idea: ¡vete a tomar viento! Mete ESO en el buzón de sugerencias.)

—Bien hecho, Gina —dice el director, asintiendo con aprobación—. Y ¿qué nos has traído tú, Nate?

ESTO... NO HE PODIDO TRAER HASTA AQUÍ EL OBJETO N.º 12, PERO...

—¡Ja! ¡Su equipo no ha encontrado NADA! —salta Gina—. ¡HEMOS GANADO!

—Oh, sí que hemos encontrado algo —le aseguro al director Nichols—. Y si es lo que CREEMOS...

CAPÍTULO

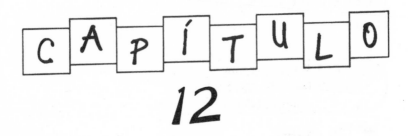

12

Voy a ir directo al grano: Breckenridge tenía razón. Si quieren saber toda la historia, enciendan su televisor. AHORA mismo.

Hace una semana de la búsqueda del tesoro: una semana de LOCOS. La escuela ha sido un hervidero de constructores, expertos de arte y... ¡Uy! Tengo que irme. Estamos en el aire.

—Dime, ¿por qué pensaste que el mural que encontraste durante la búsqueda del tesoro lo había pintado la artista llamada Abuela Peppers?

—... Y me di cuenta de que las flores que había pintadas en la pared eran EXACTAMENTE como las del póster.

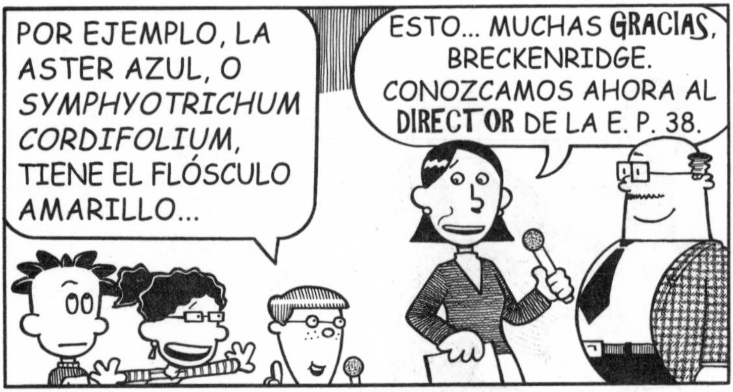
POR EJEMPLO, LA ASTER AZUL, O *SYMPHYOTRICHUM CORDIFOLIUM*, TIENE EL FLÓSCULO AMARILLO...
ESTO... MUCHAS **GRACIAS**, BRECKENRIDGE. CONOZCAMOS AHORA AL **DIRECTOR** DE LA E. P. 38.

La cámara se desvía para enfocar al Gran Kahuna. Espero que esté equipada con gran angular.

—Director Nichols, ¿por qué ha sido tan importante para la escuela encontrar este mural que se había perdido?

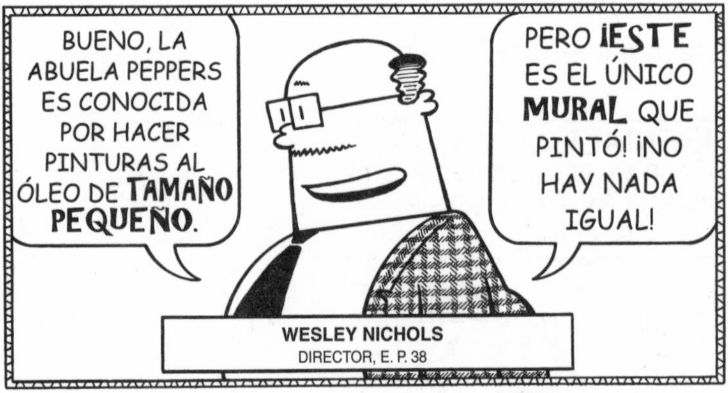
BUENO, LA ABUELA PEPPERS ES CONOCIDA POR HACER PINTURAS AL ÓLEO DE **TAMAÑO PEQUEÑO**.
PERO **¡ESTE** ES EL ÚNICO **MURAL** QUE PINTÓ! ¡NO HAY NADA IGUAL!
WESLEY NICHOLS
DIRECTOR, E. P. 38

—Es muy especial —prosigue el director Nichols—. La escuela ha accedido a VENDER el mural al Museo Americano de Arte, donde TODO EL MUNDO podrá disfrutarlo.

El equipo de las noticias termina y, cuando conseguimos arrancar a Dee Dee de delante de la cámara, nos dirigimos todos hacia el almacén.

—Seguro que les han dado una carretada de dinero por ese mural —dice Francis.

Un equipo del museo de arte ha estado trabajando toda la semana en el mural, retirando la capa de pintura gris que lo recubría. Creo que ya han terminado.

—¡Qué bonito! — exclama Dee Dee con entusiasmo.

— Cuando se lo lleven al museo, deberían poner una placa con TU nombre, Breckenridge — declara Teddy.

DE NO HABER SIDO POR TI, ¡LA ESCUELA NO HABRÍA SABIDO QUE EXISTÍA ESTE MURAL!

—Y habríamos perdido la búsqueda del tesoro —añade Francis.

—¿No se suponía que el que ganaba recibía un premio? —pregunta Chad.

—¡Exacto! —responde el director Nichols, sonriendo de oreja a oreja—. Y, si me siguen hasta el campo de fútbol, sabrán a qué me refiero.

—No exactamente —nos dice cuando salimos afuera—. Su premio es un poco más…

—¡Suban a bordo y disfruten de la experiencia, chicos!
— nos anima el director Nichols—. ¡Se lo han ganado!

—¡Un GLOBO! — grito—. Esto es… um…

—¿Qué? ¿Por qué NO? — exclamamos todos a coro.

—Es que no me gustan las alturas…

¡PREFIERO TENER LOS PIES BIEN PLANTADOS EN EL SUELO!

PLANTADOS. Vaya. ¿Acaba de hacer Breckenridge un chiste botánico?

—Pues no me parece bien — dice Dee Dee cuando la cesta empieza a elevarse—. Breckenridge es la razón de que hayamos GANADO y ¡ni siquiera se viene con nosotros!

—Así es Ridge. A algunas personas les gusta estar solas. — dice Teddy encogiéndose de hombros.

Sacudo la cabeza.
—Bueno, está claro que tiene su modo de hacer las cosas, pero yo no diría que está SOLO.

Lincoln Peirce

Uno de los autores más vendidos del *New York Times*, es el dibujante y guionista de la hilarante serie de libros de *Nate el Grande* (www.bignatebooks.com), ahora publicada en veinticinco países y disponible en formato ebook, audiobook y como app. También es el creador de la tira cómica *Big Nate* [Nate el Grande], que aparece en más de doscientos periódicos de Estados Unidos y, diariamente, en www.bignate.com. El ídolo de la infancia de Lincoln era Charles Schulz, creador de *Snoopy*, pero su mayor fuente de inspiración han sido siempre las experiencias que vivió en la escuela. Como Nate, a Lincoln le encantaban los cómics, el hockey sobre hielo y los ganchitos de queso (y no soportaba ni los gatos, ni el patinaje artístico, ni tampoco la ensalada de huevo). Se ha hablado de sus libros de Nate el Grande en el programa de televisión *Good Morning America*, así como en los periódicos *Los Angeles Times*, *USA Today* y el *Washington Post*. También ha escrito para Cartoon Network y Nickelodeon. Lincoln vive con su esposa y sus dos hijos en Portland, Maine.

También disponible en ebook.

«NO TE VA A DOLER NADA»

LA SRTA. ALBERT,

ENFERMERA DE LA ESCUELA

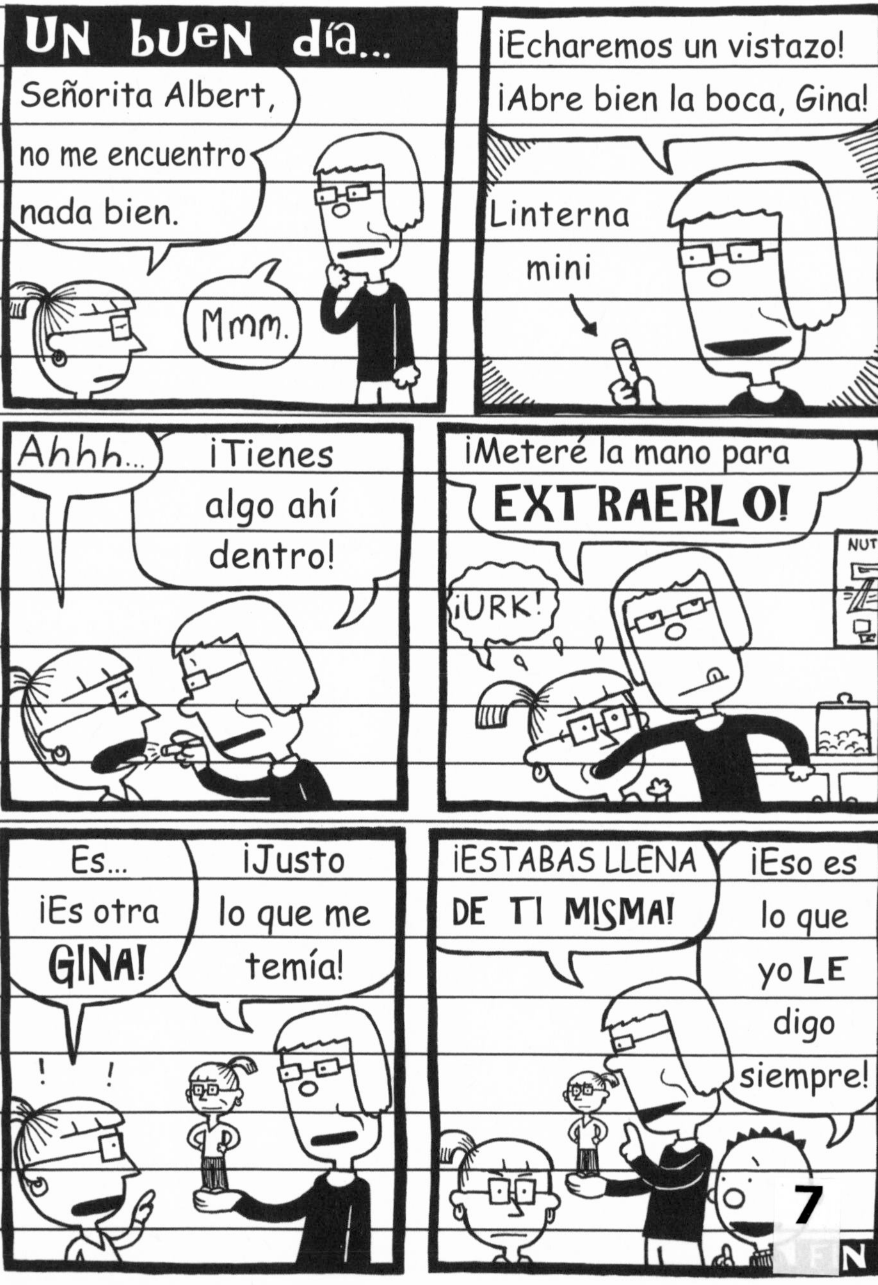
Un buen día...
Señorita Albert, no me encuentro nada bien.
Mmm.
¡Echaremos un vistazo! ¡Abre bien la boca, Gina!
Linterna mini
Ahhh...
¡Tienes algo ahí dentro!
¡Meteré la mano para EXTRAERLO!
¡URK!
NUT
Es... ¡Es otra GINA!
¡Justo lo que me temía!
! !
¡ESTABAS LLENA DE TI MISMA!
¡Eso es lo que yo LE digo siempre!
N